少年陰陽師
しょうねん おんみょうじ

少年陰陽師 拾壹

冥夜之帳

冥夜の帳を切り開け

結城光流—著　涂愫芸—譯

重要人物介紹

我會教妳很多知識哦！
藤原彰子
左大臣藤原道長的大女兒，擁有一頭美麗的長髮，個性率真。和昌浩一樣擁有強大的靈力，能看見妖怪，卻一點都不會害怕。如今『半永久性地』寄住在安倍家。
安倍昌浩
安倍家的么子，十四歲的菜鳥陰陽師，天生有極強的靈力。父親是吉昌，母親是露樹。個性好強，最討厭的一句話就是『安倍晴明的孫子』，立志一定要超越晴明，成為最偉大的陰陽師。
小怪
四隻腳的神物，是昌浩形影不離的好搭檔。雖然不承認自己是怪物，但昌浩硬要叫它『小怪』。長相可愛，嘴巴卻很毒，姿態又高。平日化身為小怪，一旦面臨危險便會展露神將的本性。

勾陣
十二神將之一的土將。通天能
力僅次於騰蛇的她，也是個兇
將。年紀大約二十出頭，細長
的眼睛綻放出銳利的光芒。
紅蓮
十二神將之一的火
將騰蛇。身材高大
強壯，頭戴金色頭
箍，相貌精悍，有
一對如火焰般燃燒
的金色眼睛。愈是
陷入絕境時，愈能
顯露出猛烈似火的
本性。平日化身為
小怪，跟著昌浩。
六合
十二神將之一的木將，
沉默寡言，但給人親切
感。右眼下方有個黑色
圖騰，肩上纏著一條深
色長布條，頸上掛著三
個銀項圈，右手腕上戴
著寬大的銀手鍊。
安倍晴明
歷代少見的偉大陰陽師，能用
離魂術變成二十多歲時的模
樣。極疼愛孫子昌浩，但因為
太了解他不服輸的個性，因此
常常故意用激將法，對他冷嘲
熱諷。昌浩因此非常討厭晴
明，叫他『老狐狸』。

天一
十二神將之一的土將，暱稱天貴，是絕世美女，有著銀鈴般的聲音。透明的金色長髮上佩戴著許多髮飾，手腕上戴著許多腕飾。
朱雀
十二神將之一的火將，使的是能暖化冰凍物體的柔和火焰。有一對暗金色眼眸，長到腰際的朱紅色直髮紮在頸後，額上綁白色布條。跟天一是一對戀人。
青龍
十二神將之一的木將，敵視紅蓮。有一雙犀利的深藍色眼眸，長髮隨性綁在頸後。他有另一個名字『宵藍』，但是只有晴明可以這麼叫。
高淤
排名日本前五大的貴船祭神。

一条大路
土御門大路
近衛御門大路
中御門大路
大炊御門大路
二条大路
三条大路
四条大路
五条大路
六条大路
七条大路
八条大路
九条大路

北京極大路
N ↑
南京極大路

大內裡
朱雀門
右京
左京
羅城門

西京極大路
木辻大路
道祖大路
西大宮大路
皇嘉門大路
朱雀大路
壬生大路
大宮大路
西洞院大路
東洞院大路
東京極大路

流著我眷族之血的人類啊！
那股力量將侵蝕你的生命。

1

偶爾會夢見。
很久以前的事。
真的是很久很久以前。
最遙遠而悲哀的記憶。

一片漆黑。
悄然張開的眼睛，面對的是充斥著層層靜寂，還聞不到黎明氣息的黑夜。
入睡前還是一片陽光普照，差異太大，讓人不禁懷疑哪邊才是現實。
輕輕嘆口氣閉上眼睛的安倍晴明，沉著地開口說：
『……天空。』
空氣微微震盪。
鮮少降臨人界的神將天空沒有現身，但感覺得到他的氣息。
主人安倍晴明與天空相見的次數，少到屈指可數。

《怎麼了？晴明。》

語調跟初次見面時完全一樣，晴明淡淡笑著。回想起來，那已經是很久以前的事了。

對神將們來說，或許只是轉瞬的短暫時間。他們是躋身神明行列的存在，人類的生命與他們相比是那麼地無常。

晴明沒有回應，天空又重複了同樣的話。

《怎麼了？》

『我想拜託你一件事，你會答應我嗎？』

天空沉默以對，以晴明這幾十年來對他的了解，那是表示肯定。

晴明是在剛滿二十歲時，召喚十二神將納為式神。第一個同意投入區區人類旗下成為式神的就是天空。

負責統御十二神將的天空，應該很了解晴明是什麼樣的人。

『一切有命，命運星宿不該有任何變動，現在卻產生了偏移。』

晴明緩緩張開眼睛。

雖然看不見，但是他可以感覺到隱形的神將就坐在伸手不見五指的黑暗中。

『我希望你扮演替身。』

《誰的替身？》

『安倍晴明。』

說得泰然自若的名字，就是十二神將追隨的男人的名字。

老人對著黑暗淡淡地接著說：

『原來的命運還給了這個身體一些寬限，但異形的血超越了命運，已經沒剩多少時間了。』

然而，歷史還需要晴明的生命，若現在死去會攪亂一切。

昌浩已經改變了一個星宿，如果晴明再扭曲原本不該扭曲的星宿，偏移就會愈來愈大，很可能大大改變歷史。

『晴明還必須多活幾年。』

《……》

『如果我死了，我希望你化身為安倍晴明留在這裡，直到我原來的命運結束，以防星宿改變。』

晴明稍作停頓，淡淡地補充說：

『這是我最後的請求。』

天空的氣息消失了。

在他之後現身的是表情嚴肅的勾陣和天后。

兩人站在晴明枕邊，眼神銳利地看著主人。

他們的主人安倍晴明身上流著異形——天狐的血，在他年幼時離去的母親是天狐。

十二神將沒有見過他的母親，只知道他是天狐的兒子。

一般人類不管能力多強，都不可能率領十二神將，因為他們有很高的自尊，以躋身神族行列為傲。

天狐上通神明，地位比從人類想像中誕生的神將還高，所以他們才會認安倍晴明為主人。

『晴明，你剛才說的話……』

終於開口的天后，聲音顯然有些僵硬。

晴明微微一笑。

天后生性嚴謹，還有點固執，但心地善良。

從黑暗中浮現的銀色直髮從她肩上披瀉下來。

『可以當成玩笑嗎？還是……』

『天后，晴明的話聽起來不像玩笑吧？』

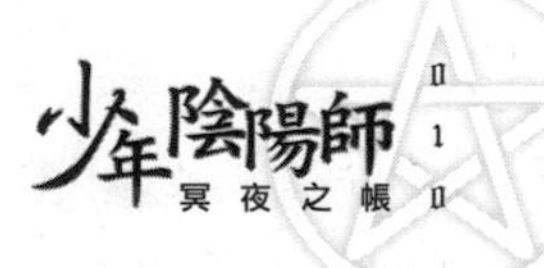

這麼提醒天后的是強裝冷靜的勾陣，她的語氣也有些僵硬，但比天后自然。

晴明交互看著兩個神將，眨眨眼說：

『總不能再顛覆命運吧？』

『可是……』

晴明打斷天后的話，說：

『我不想扭曲星宿，希望你們諒解。』

『可是……！』

天后不知道該說什麼，勾陣輕輕把手搭在她肩上，瞇起眼睛看著自己的主人。

成為晴明的式神，彷彿還是昨天的事。

經過歲月的累積，原本年輕而充滿彈性的肌膚，現在刻劃著深深的皺紋，聲音也變了，但還是有不變的部分。

那就是晴明面對十二神將的眼神和心。

『晴明，我想問一件事。』

『看我能不能回答。』

『你原來的天命是什麼時候？』

晴明閉了一下眼睛，深深嘆口氣之後，平靜地說：

『算起來……』

將近一年多前，晴明的小孫子昌浩中了異邦妖魔的奸計，差點喪命。

當時的事浮現腦海，晴明任思緒馳騁。

閉上的眼睛深處，還清晰映著某個身影。

是個很小、很小、真的很小的孩子。

——我會趕快長大，幫爺爺的忙。

所以爺爺要好好活著哦！

小孩天真爛漫的笑容，是永遠不會消失的珍貴記憶。

是啊！爺爺是想好好活著。

至少要活到你再多成長些。

確定你沒有問題，可以放心離去為止。

縱然，那恐怕已是無法實現的願望。

2

在黑暗中緩緩前進的昌浩，停下來往橋下叫著：

『車之輔、車之輔，有空嗎？』

沒多久就聽到嘎啦嘎啦的車輪聲，短車轅的妖車正靠著自己的力量往河堤上爬。

坐在昌浩肩上的小怪，偏著頭，閉上一隻眼睛說：

『我常在想……』

『想什麼？』

昌浩斜眼看著小怪的側面。

小怪像大貓或小狗般的身體覆蓋著雪白的毛，長長的耳朵垂在後面，甩著也很長的尾巴，用四隻腳前端的黑色爪子緊緊抓住昌浩的肩膀保持平衡。脖子圍繞著一圈類似勾玉的紅色突起，俯瞰車之輔的圓圓大眼是清澈的夕陽顏色。

『快說啊！小怪。』

『河堤的斜坡這麼陡，車之輔那傢伙竟然可以爬上爬下。』

河堤大約一丈高，昌浩體態輕盈，爬起來當然靈活敏捷，但是車之輔的模樣真的就

像一般牛車，爬上爬下應該很吃力。

『啊！說得也是，會不會很吃力呢？可能因為車之輔是妖車，所以爬河堤、爬懸崖都行吧？』

『去貴船那條路，它也跑得毫不費力。』

車之輔來到正在閒聊的兩人身旁，巨大車輪中央的可怕臉龐突然驚訝地扭動起來。

車輪中央的鬼臉微微偏斜，目不轉睛地盯著昌浩。

昌浩察覺到它的視線，也以同樣的傾斜度偏著頭，眨著眼睛。

坐在昌浩肩上的小怪也擺出了同樣的姿勢。

過了好一會兒，小怪才把尾巴用力一甩，大叫：『……啊！』

『咦？怎麼了？』

小怪用前腳指著車之輔，轉頭對昌浩說：

『因為你的「眼睛」應該看不到，現在卻盯著它看。』

『哦……』

恍然大悟的昌浩一時說不出話來，屏住了呼吸。

他盯著車之輔看，摸摸它頭上的角，整張臉皺成了一團。

『讓你擔心了，對不起，因為許多原因，我又看得見了。』

車之輔望著昌浩，張到不能再大、微微上揚的雙眼，頓時淚光閃閃。

不只車轅嘎吱嘎吱作響，連整個車體都傾軋震動，以人類來形容就是軀體龐大的妖車激動得哭了起來。

『車之輔……可以再看到你，我真的很高興。』

昌浩被氣氛感染，也跟著哭起來，小怪冷靜地低聲說：

『哭泣的牛車加上跟著哭的陰陽師，這是什麼情形啊……』

看不下去的小怪縮起肩膀深深嘆口氣，從昌浩肩上跳下來。

『昌浩，你找它有事吧？』

『啊！對了，差點忘了。』

聽到小怪用下巴指著車之輔那麼說，昌浩才想起來這裡的目的，露出正經的表情對車之輔說：『我想請你載我到貴船。』

很久沒搭乘車之輔被搖來晃去了。

牛車裡面很暗，他本想打開車窗往外看，但作罷了，因為沒心情。

眼睛完全適應黑暗後，他抬頭看著車篷，表情像在強忍著什麼。

車之輔的車篷上坐著神將六合、勾陣和小怪。平常小怪會跟昌浩坐在一起，今天大

概是有話跟同袍說。

昌浩垂下視線，聽著車輪的震動聲。

回京城後，今晚是他第一次來貴船拜見高龗神。

他緊握拳頭，喃喃自語：

『神一定可以……』

車篷上突然響起叩叩的敲打聲。

『昌浩……』

小怪的聲音有些僵硬，幾乎被牛車的奔馳聲淹沒。

『怎麼了？有事嗎？』

『沒什麼……』

小怪猶豫地停頓下來，過了一下才有所顧忌地低聲說：

『你還好吧？』

眼睛大張、嘴巴扭曲的昌浩，先閉上眼睛屏住呼吸，讓情緒緩和下來後才回答說：

『嗯……我沒事。』

『是嗎？』

『嗯。』

沒事、沒事。
言靈會成真，所以一定不會有事。
既然可以更動星宿，改變命運，安倍晴明的生命期限一定也可以延長。

近五月下旬的貴船山，感覺很舒適又充滿神聖的莊嚴。
這個時期是螢火蟲的季節，貴船川處處可見朦朧的亮光飄來飄去，營造出幻想般的景致和氣氛。
——明年夏天去看螢火蟲吧……
心中掠過與彰子的約定，如今夏天都已經過了一半。
『事情解決後，就搭乘車之輔帶彰子去……』
但是，昌浩前幾天又答應了彰子另一件事。還有，很久很久以前也給過祖父很重要的承諾。
記憶閃過腦海，昌浩不由得握緊了拳頭。
還不行、還太早，自己還不能獨當一面。
《昌浩。》
隱形的勾陣出聲催促，昌浩點頭說：

『車之輔，你在這裡等一下。』

嘎吱嘎吱上下移動車轅的車之輔，凝視著昌浩和小怪離去的背影，它也知道他們身旁有兩個隱身的神將。

看到昌浩無助的背影，車輪中央的鬼臉擔心地扭曲起來。

車之輔不能跟昌浩溝通。雖然小怪、其他神將或住在京城裡的小妖們會居中翻譯，但還是有翻譯不出來的時候。

妖車最敬重的主人從西國回來後，經常流露出背負著重大責任的神情與僵硬的感覺。

鬼臉微微傾斜，眼角沮喪地下垂，好希望可以替主人做些什麼。

小怪感覺到車之輔的視線，甩甩耳朵說：

『昌浩，車之輔很擔心你。』

『咦？』

慌忙回過頭的昌浩，這才發現妖車正滿臉擔心地看著自己。

『啊……不用替我擔心，車之輔。』

他用力揮手，看到車之輔啪沙捲起前面的簾子回應他後，便轉身奮力往前衝，小怪也緊跟在他身旁。

『我不能讓車之輔擔心對吧？因為我收它為式鬼，是它的主人。』

《不用太在意，另一個主人也常讓式神擔心。》

勾陣漠然的聲音在耳邊響起，沒多久也傳來沉默的六合表示同意的氣息。

昌浩微微一笑，贊同他們的說法。

天一黑，昌浩和小怪就溜出了家門，六合與勾陣也理所當然似的跟來了。這不是晴明的命令，而是他們自己的意願。

小怪、六合和勾陣這幾個鬥將都跟來了，昌浩有點擔心會不會出事。六合聽到昌浩的憂慮，只短短回他說：

『有青龍、天后、朱雀和天一守著晴明，不會有問題。』

而且還有玄武和白虎。這麼多神將在，就算天狐凌壽來襲也能反擊。

靠暗視術看清楚黑夜，大步走向正殿的昌浩，突然疑惑地說：

『對了，太陰呢？』

昌浩想起他們回京後，就沒見過那個精力充沛的少女，為什麼呢？

聽到他這麼問，小怪露出意有所指的表情，稍微移動了視線。看起來什麼也沒有的地方，其實有隱形的勾陣。

《她做得有點過分，被白虎從午時訓到晚上，整整訓了四個時辰。現在正在異界反

省，讓她一個人靜一靜吧！》

昌浩的表情抽搐扭曲。

『……四個時辰……』

還訓得真久呢！十二神將都很有耐性，那樣的時間大概很正常吧？

從昌浩的表情看出他在想什麼的小怪，緊緊皺著眉頭，面有難色地說：

『哦！四個時辰真的太長了，簡直是刷新紀錄。』

『唔哇……』

可怕的神將白虎。

到達了氣氛莊嚴的貴船最深處，昌浩調整好呼吸。

周遭充滿讓人精神緊繃的靜謐。

看到船形岩時，昌浩無意識地停下了腳步，心中掠過無數情景。他覺得手心有點痛，不由得低下頭看，卻沒看到什麼，當時指甲嵌入手心滲出血來的傷口早已痊癒了。

現在偶爾還會覺得疼痛，是因為那個記憶太過沉重、悲哀。

看著昌浩的模樣，小怪表情呆滯地垂下了視線。現在的它知道，昌浩當時怎麼想、怎麼思考、做了怎麼樣的決定。昌浩自己不肯說，所以小怪逼問支支吾吾的勾陣和六

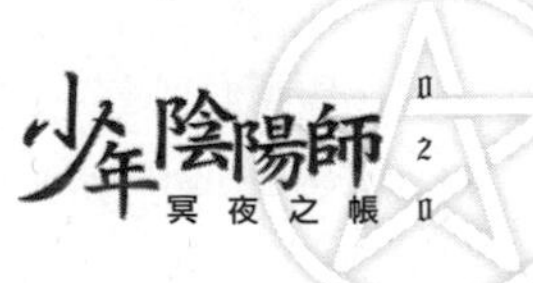

合，問出了真相。

『騰蛇，高龗神就要駕臨了。』

勾陣現了身，以眼神向它示意。小怪恍然大悟，一眨眼就恢復了原貌。

他可不想像前幾天那樣被斥責。

『紅蓮？』

昌浩滿臉驚訝，不解地看著突然化去異形模樣的紅蓮。隨後現身的六合也張大了眼睛，但是紅蓮什麼也沒說，只是望著船形岩。

風沙沙地吹動著，強烈的氣息如冰刃般伴隨著極冷的神氣降臨。

只見迷濛的光線聚集在岩石上，化為人身的貴船祭神高龗神便出現了。

降臨的神俯瞰站在稍遠處的三名鬥將，微微瞇起眼睛說：

『站在那裡有點遠，靠過來。』

祂像平常一樣自在地坐在岩石上下令，托著臉，以挑釁的眼神看著紅蓮。

你是否真的理解神所說的話了？

覺得自己彷彿被這麼逼問的紅蓮焦躁地皺起了眉頭。有時神的想法會讓人心煩意亂，怒火中燒。

在旁邊看著這一切的勾陣輕輕嘆口氣，很想勸他最好不要對那件事耿耿於懷。

『怎麼回事？……』

六合感覺出不對勁，疑惑地眨了眨眼睛，但沒有進一步追問。

在高龗神同意下，昌浩一步步地走到船形岩前，緊張地抬起頭。坐在比十二神將高出許多的地方往下俯瞰的貴船祭神，看起來像是在等昌浩開口。

但是，昌浩不知道該怎麼說才好。

『呃……我……』

他來是有求於神，但這個神很隨性又不好應付，絕對不會讓人類稱心如意。隨便一句話都可能惹祂不高興，萬一惹惱祂就沒希望了。

昌浩好幾次想開口，都因找不出適當的話而支吾半天，這時，面無表情地看著他的神突然叫住他說：

『無知的孩子。』

『是……是。』

昌浩反射性地挺直了背。高龗神又以莊嚴的聲音接著說：

『你不是有話要跟我高淤說嗎？』

『咦？……』

意想不到的話攪亂了昌浩的思緒。他有話要跟神說，是什麼話呢？

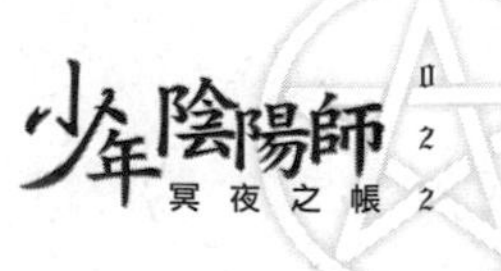

三名鬥將也一樣搞不清楚狀況，尤其是紅蓮和勾陣，前幾天還面對高靇神冷漠的態度，實在猜不透神的真正心意。

絞盡腦汁後，昌浩說出了自己所能想到的答案。

『呃……我回來了。』

神動了動細長的柳眉，站在昌浩背後的三名鬥將都大驚失色——等等，再怎麼樣也不該是這種答案吧？高靇神問得唐突，昌浩的反應也超出了三名鬥將的預期。

看到向來以剛毅沉著自豪的紅蓮、勾陣都臉色發白，旁邊的六合不禁感嘆起來。

現場氣氛極度緊張。

直盯著昌浩的高靇神突然揚起嘴角，用手掩住眼睛低聲竊笑著。

笑過一陣子後，神的態度突然一百八十度大轉變，以柔和的視線看著昌浩。

『你真的很好玩。』

突然被稱讚好玩，昌浩困惑地回頭看看身後的神將。

這是什麼意思？被昌浩的眼神這麼一問，神將們都不知道該怎麼回答，只能回以沉默。

滿臉疑惑的昌浩又轉向高靇神，把嘴巴抿成ㄟ字形。神還是對著他笑。

正在思考為什麼的昌浩突然感覺到一股視線，他環視周遭。

高淤發現他的舉動，止住了笑，問他：

『怎麼了？』

『沒什麼……應該是我的錯覺。』

昌浩搖搖頭，仰起頭看著高淤，認真的眼神貫穿了神。

發現自己喜歡的孩子又成長了許多，高淤忍住了笑，因為再笑下去，縱使還是個孩子也會被笑得情緒低落。

高淤托著臉，坦然面對昌浩的視線。

『你有什麼事就說吧！』

昌浩咕嘟吞口口水，小心翼翼地把準備好的話一個字一個字地說出來。

『我有個請求。』

『很久沒聽到你說這種話了。』

昌浩的眼眸微微波動搖曳。從眼前閃過的情景都已成為過去，卻還殘留著沉重而悲哀的感覺。

他深呼吸讓自己冷靜下來，又接著說：

『請告訴我改變人類星宿的方法……改變我祖父命運的方法。』

神的臉上失去了笑容，給人的感覺忽然變得嚴肅。

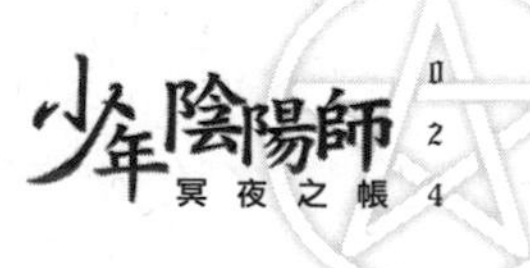

貴船祭神秀麗的眼眸流露出人類無法窺知的情感，祂平靜地問：

『你知道又能怎麼樣？』

昌浩回答不出來。他知道不能怎麼樣，因為他的願望違反了神意，他卻還膽敢來問。

除非違背神意，否則無法達成自己的願望。

『高淤神，我還什麼都不會，立下的許多承諾都還沒有實現。』

神沒出聲，以沉默催他繼續說下去。昌浩強撐起被懾人的目光嚇得幾乎癱軟的身體，努力挺起無意識中弓起的背。

三名神將只能默默守護著他的背影，那已不是他們能干涉的領域了。

昌浩覺得眼角發熱，拚命忍住淚水，絞盡腦汁搜索適當的話語。

『現在還太早，還不行，我……』

聲音忽然出不來了。

神將們以為是神銳利的視線讓他退縮了。

但很快就發現不是。

不是那樣，神並沒有顯現神威。酷似清澄水面的雙眸看不出情感，平靜地俯視著人類的孩子。

是昌浩本身的情感讓他說不出話來。

其實不需要語言的修飾，更不需要千言萬語。

話卡在喉嚨裡嚥也嚥不下去，昌浩握緊了拳頭。

高淤神看著他，說：

『你有話跟我說吧？』

昌浩的肩膀劇烈抖動著。在神的面前，排場、面子都毫無意義。

他輕輕吸口氣，覺得眼角發熱、眼皮抖動。啊！實在太狼狽了。

『我……我要爺爺活著！』

爺爺要好好活著哦！

當他口齒不清地這麼說時，佈滿皺紋的臉笑得好開心，還點了好幾次頭。

——嗯、嗯，爺爺會儘可能好好活著……

所以他相信了，相信祖父會永遠好好活著，直到自己長大，可以履行約定幫助祖父。

但是，這種事根本不可能。

就像自己一定會長大一樣，祖父也勢必會逐漸老去。祖父總是陪在他身旁，他卻從來沒想過這件事。不，不是沒想過，而是故意不去想。

『因為我還不夠成熟……還是個半吊子靠不住，所以一次又一次地讓他冒險救我，還拜託他很殘忍的事，他卻從來沒有責怪過我……』

我都還沒有回報他啊！

『高淤神，請告訴我救他的辦法，請告訴我……！』

那是非常悲痛的聲音。

神將們第一次聽到昌浩這樣的吶喊，深受感動。這孩子從小到現在一直都很喜歡祖父，敬愛他、仰賴他，並且崇拜他。

在貴船涼風中繚繞的泣訴，化成回音消失了。

高淤捲曲的黑髮隨風飄揚，掛在胸前的龍珠隱隱閃爍。

當氣氛陷入令人難受的靜寂時，化為人身的龍神莊嚴地開口了。

『無知的孩子啊！年幼而天真的孩子啊！神不能照你的意思去做。』

昌浩張大眼睛，心臟彷彿被長槍用力貫穿，腦中一片空白。

高淤雙手環抱胸前，看著驚訝地佇立的孩子。

『神沒有辦法介入未成形的星宿，等那個星宿成形了，或許可以出手相助……但現在還不是時候……原諒我。』

神閉上眼睛，表情真摯。

貴船祭神竟然對區區人類低頭，而且還只是個孩子。

所以昌浩明白了。

他救不了祖父。他們身上的異形之血會削弱他們的生命，所以祖父的天命是避不開的。

『神啊！高龗神啊！』

耳邊響起紅蓮的聲音，昌浩沒有力氣回頭，就那樣聽著他說。

高淤看著向前一步的紅蓮，沒說什麼。紅蓮確定祂沒有拒絕的意思，克制自己的語氣說：

『什麼是未成形的星宿？如果成形了，就可以延續晴明的生命嗎？』

高淤的雙眸閃過亮光，以銳利的眼神注視著紅蓮。兩者地位壓倒性的差距重重壓在紅蓮的雙肩上。

『我也想知道，請回答。』

勾陣力挺孤軍奮戰的紅蓮，高淤微微挑動眉毛，發現沉默的六合似乎也持相同的意見。

高淤輕輕嘆了口氣。

竟然能讓居眾神之末的十二神將如此崇拜，安倍晴明是個幸福的人。

『神不會背負人類的命運，通常都是人類在左右自己的命運……想知道的話就叫他占卜，應該看得見吧！』

突然被點名的昌浩目瞪口呆，還不成熟的自己能看得出來嗎？

他感覺到背後三對眼睛的視線，不禁做了個深呼吸。

『這樣就能突破困境嗎？』

『能否突破困境，全看人心。』

昌浩閉上眼睛。

神的旨意往往超越人類的思考，但是昌浩知道，當他真正需要時，這個神隨時都會大方地伸出援手。

以前他在貴船陷入絕境時，使用離魂術現身的晴明曾經說過：

不要依賴他人，要盡人事聽天命。只要盡力而為，運自然會開。

有個聲音浮現在耳邊。

昌浩現在才明白。

每當他感到徬徨、停滯不前時，安倍晴明都會給他脫離困境的契機。

載著沮喪的少年離開貴船神域的妖車氣息逐漸遠去。

等他們離去後，坐在船形岩上的高龗神托著臉低聲說：

『他就是我前幾天提到的那個孩子。』

不知何時出現在岩石後方的纖瘦身影，不耐煩地撥起在黑夜裡也清晰可見的銀白色頭髮，望著貴船的龍神。

清澈的灰藍色眼睛微微發亮。

眼裡沒有任何情感，從很久以前，這個天狐就不太表達自己的真正想法。她雖擁有從纖弱的外表無法想像的強大神通力量，看起來卻像個少女。

『還是個無知的小孩。』

『在我們眼裡，人類都是無知的生物。』

晶霞輕盈地跳到淺淺笑著的高淤身旁，坐下來嘆了口氣。

『凌壽躲在京城的某個地方，只要我離開京城，他就會血洗眷族。』

『只要是眷族，即使是沒多少日子可活的糟老頭，妳也不能見死不救嗎？』

高淤說得有點過分，晶霞皺起眉頭，眼神有些不悅。

被灰藍色的雙眸瞪著的高淤輕輕挑眉說：

『你們這些天狐對同族的感情之深，超出了我們所能理解的範圍。』

『我們跟薄情的天津神完全不同。』

儘管唇槍舌戰毫不留情，但兩人之間的氣氛卻很平和。

晶霞在岩石上站了起來，遙望黑夜。蒼鬱茂密的森林前方是人類居住的京城。那裡有個跟她一樣承繼了天狐之血的老人，生命之火就快熄滅了。

『那個男孩是那個男人的親人嗎？』

高淤知道她說的那個男人是誰，點點頭說：

『嗯……那個男人是狐狸之子安倍晴明，而那個還未成熟的孩子是他的繼承人。』

那孩子繼承了天狐之血。

等他成長延續血脈時，這個天狐之『血』會傳承到什麼程度，高淤也不知道。

『與人血混合的異形之血會消失嗎？』

聽到這麼嚴肅的問題，晶霞的表情變得凝重，但很快又轉為淡淡的笑容。

『這個嘛……連天津神都不知道的未來，我區區異國天狐怎麼會知道？』

原本就不期待會有答案。

貴船祭神微微揚起嘴角，對著那孩子剛才站的地方說：

『不過，我還是很喜歡你。』

要不然，隨性的天津神不會一次又一次聆聽脆弱的人類提出的請求。

但是，發生過太多事了，壓在心頭的重擔難以承受，那孩子或許忘了這一點。

3

五月下旬，進入盛夏，土御門府的夏季庭院百花綻放。

為了讓陽光照進屋內，板窗被往上拉，坐在床上的中宮神情憂鬱地看著阻隔視線的竹簾隨風搖曳。

剛才照顧她生活起居的侍女開朗地說：

『中宮大人，您的氣色不錯呢！看樣子很快就可以回寢宮藤壺了。』

皇上應該也在等您回去，趕快選個黃道吉日吧……

中宮嘆口氣。

那個恐怖的夜晚是前幾天的事了。

昏倒了整晚的侍女和隨從們醒來後什麼也不記得，又恢復了平常的生活。

只有她記得那晚的事。

她這麼想，又搖搖頭否定了。

還有一個人，就是黎明時出現在她面前的那個少年。

——我是答應過要保護妳的陰陽師。

看起來跟她差不多年紀的陰陽師。

隨著時間流逝，那個身影愈來愈模糊。

那會不會是夢呢？會不會是因為太害怕，一心想逃離，所以從自己內心產生了幻影呢？

少年對著她喊『彰子』時，她很驚訝他怎麼會知道那個名字。冷靜下來思考，才想到被叫彰子並不是什麼值得驚訝的事。

因為現在的自己就是『彰子』的替身。

那麼，那個陰陽師要保護的人是『彰子』？

『……』心底一陣痛。

她是自願成為替身的，為什麼現在會心亂如麻呢？

今後自己要走的路，是真正的『彰子』應該要承受的命運。

原本她對這件事毫無疑問，為什麼現在思緒會這麼混亂呢？

中宮閉上眼睛，涼爽的風迎面吹來，耳邊響起烏黑的長髮隨風飄揚的聲音。

陰陽師。

希望回寢宮前還能見他一面——

夜幕覆蓋整個世界好幾個時辰了。

有雙眼睛正俯視著躺在床上發出規律呼吸聲的中宮。

『嗯……』

男人很感興趣地眨眨眼睛，揚起嘴角坐了下來，更仔細地觀看中宮的臉。

以人類來說，是相當秀麗的一張臉。再過幾年應該會成為人界的大美女，只是現在還帶點稚氣。

原來如此，現在還這麼小，就算以後長大容貌有極大的變化，也不會有人懷疑。

天狐凌壽咯咯竊笑著。

『不過，無力又脆弱的小女孩真的很可愛！就這樣讓丞按的目的得逞，有點無趣。』

那個戴著斗笠的男人就是想得到這個女孩。

前幾天他被人阻撓，結果只差臨門一腳，沒能達成目的。只要這女孩回到有無形壁壘守護的寢宮，那傢伙法力再強也很難出手。

凌壽用又長又尖的爪子抓撓中宮的臉，低聲笑起來。

『雖然無趣，我還是需要那傢伙採取行動。』

這也是一種障眼法。

白天時，這個女孩看起來心事重重，沮喪地嘆了好幾次氣，好像是因為有人提起回

寢宮的事。凌壽對人類的思想沒有興趣，只是覺得可以利用。

『我就讓妳不用回去吧！這樣也能配合丞按的計畫。』

可能是感覺到風的流動，中宮動了動身體。目不轉睛地俯視著她的異形天狐凌壽，在完全沒察覺他存在、繼續沉睡的少女耳邊喃喃低語：

『……聽得見嗎……？』

✦ ✦ ✦

身體動彈不得。

連一根手指都不聽使喚，自己到底是怎麼了？

只聽到格外響亮的心跳聲，其他一切都消失了。

『……啊……』

說不出話，只能勉強發出聲音。恐懼揪住了胸口。

——妳有什麼願望？

有個聲音在腦中響起。這是誰的聲音？她從沒聽過。

好可怕，狂跳的心臟好像就快爆炸了。

『救命啊……』

閃過腦海的是當時瞥過一眼的少年，那個說過要保護自己的人。

求求你，救救我。

某種看不見的東西就在我身旁竊笑著。

我想再見你一面，問你為什麼要救我？

——既然這樣……

心跳得更快了。

願望是……再見到那個人，問清楚那句話的含意——

✦ ✦ ✦

淅瀝淅瀝下個不停的雨勢似乎比較緩和了。

抱著好幾本書走在外廊上的昌浩，突然停下腳步望著天空。

『高淤神真有幹勁呢！』

去年的這個時候，高淤神被異邦妖魔囚禁，完全沒下雨，京城差點鬧旱災。

直直站在昌浩腳邊的小怪，把前腳搭在欄杆上，挺直了背。

『什麼幹勁？這個季節下雨是義務啊！要不然秋天就慘了。』

『說得也是。』

下雨天去貴船很不方便，他想趁放晴時，再帶彰子去貴船。可是因為在出雲待得太久了，現在他正被工作追著跑，忙得不可開交。所謂工作也只是雜事，但雜事積多了也是很耗體力的工作。

跟昌浩一樣去了出雲的大哥成親，聽說也被還處理不完的工作壓得喘不過氣來。

『那之後，哥哥就沒來過家裡了。』

『是哦……』

小怪露出不予置評的表情嘟囔著，用前腳靈活地抓抓頭，眨眨眼睛。

『在工作處理完之前，當然不能到處亂跑囉！對曆生來說，他是曆表部最高層的長官，整整兩個月不在，他們的辛苦絕非我們所能想像……』

小怪滔滔不絕的長篇大論被趴躂趴躂的腳步聲淹沒了。

『喲！騰蛇、昌浩，你們好嗎？』

大概是表示敬意吧！曆表博士安倍成親先叫神將的名字，快步走向他們。速度沒有快到『跑』的程度，但是說『走』似乎也不太恰當。

為了不妨礙成親前進，昌浩退到角落，疑惑地皺起眉頭說：

『怎麼了？走得這麼急……』

『嗯，我想回家看看。』

『啊！是嗎？那麼幫我問候大嫂。』

『好，再見。對了，最近我會跟昌親回家，順便問候藤花小姐。』

一會意過來那個陌生的稱呼指的是誰，昌浩的表情頓時緊繃，小怪也愣住了。

成親停下腳步說：

『你們是怎麼了？動不動就被嚇成這樣，以後還會常常碰到這種狀況呢！』

小怪很快振作起來，繞到成親前面，直立著說：

『不管怎麼樣，你也不該在這種地方提起那種事。』

看到小怪齜牙咧嘴的樣子，成親縮起肩膀，把嘴巴抿成ㄟ字形。

『跟我說也沒用啊！我回京後就有其他部門的年輕人問我，是不是有哪家千金小姐搬進了晴明大人府邸？』

昌浩又整個人呆住了。這是怎麼回事？他完全沒聽說啊！

成親低頭看著張口結舌的小怪，正經八百地說：

『愈隱瞞愈可能引發猜疑，所以我做了妥善處理。』

『怎、怎麼處理？』

大哥露出捉弄人的笑容，看著全身僵硬的小弟說：

『我說：啊！那是我小弟的未婚妻、將來的妻子。我小弟也到年紀了，所以不只是他，我們全家都很開心地迎接了那位小姐。我這麼說，大家就這麼信了，真是太好了。』

爽朗大笑的嘴露出一口白牙。明明笑得那麼燦爛無辜，說出來的話卻是超級強烈的衝擊。

看到昌浩又被嚇得目瞪口呆，成親心滿意足地不停點頭。

小怪看著成親，深深嘆口氣說：

『你是氣沒人告訴你這件事，所以故意報復吧？』

『這個嘛，我只能說要怎麼想是你們的自由。』

成親滿不在乎地說，突然轉過頭往後看。

『哎呀！糟了糟了，再見。』

他像狂風般出現，又像怒濤般離去了。

變成雕像被丟在外廊上的昌浩，沒多久就聽到曆生們快步走來的聲音。

『昌浩直丁，請問有沒有看到我們部門的博士？』

『啊……呃……』

昌浩咿咿唔唔地說著，拚命舉起嘎吱嘎吱作響的僵硬手臂，指出成親離去的方向。

曆生們用力點頭，紛紛向他致謝後便追了上去。

小怪抬頭看著抱著書的昌浩，無奈地搖了搖頭。

『真不愧是大哥，知道這傢伙最受不了的是什麼。』

不知道是驚嘆還是感慨，小怪深深嘆了口氣。昌浩還是一樣全身僵硬，半天才喃喃吐出話來：『妻……妻子……』

事情竟然在不知不覺中變得這麼離譜了。

不管是不是才十四歲、不管是不是還是個未成熟的菜鳥，與這些都毫無關係。而是——被視為安倍晴明繼承人的少年，他的未來想像圖就這樣逐步成形了，只有他本人不知道。

昌浩陷入極度恐慌的狀態。

慢著，這樣不行。他並不排斥這樣的結果，只是還不到那種階段，更何況彰子只是寄住在他家。雖是無限期，但也不能把事情說成那樣。而且這種話如果傳入左大臣耳裡，肯定會被痛罵一頓。因為安倍家沒什麼了不起的家世，只能勉強躋身貴族行列之末，身分地位也不高，財產又稱不上富裕。雖不是極貧，但比起藤原家的財富……不，根本連比都不能比。就算還養得起彰子一個人，這件事跟那件事也不能混為一談。不管怎麼樣，還是要顧及體面這種事，話說回來，也還沒有確認過她本人的意思呢……慢、慢著，確認什麼意思？我要冷靜。啊！大哥，你怎麼可以沒問過我就亂說呢……?!

『喂！昌浩。』

半瞇著夕陽色眼睛的小怪仰頭盯著昌浩。

『你自己可能沒有察覺，所以我要告訴你，你把心裡想的話全說出來啦！』

『咦咦咦咦咦?!』

昌浩發出像青蛙被壓扁的慘叫聲。小怪看著又說不出話來的他，用前腳抓著脖子說：『喲、喲！嚇到他了、嚇到他了，成親真厲害。』

確實遺傳到了安倍晴明的狐狸特質。

抱著書的昌浩臉色時紅時白，小怪斜看他一眼，舉起後腳猛抓後頸。

其實神將六合也一直隱形站在他們身旁。小怪瞄他一眼，發現正看著遠方某處的他微微抖動著肩膀。

喲！真稀奇，六合笑了。

『不過，那小子的反應的確很好笑。』

小怪嗯嗯地點著頭，使勁地直立起來說：

『你冷靜點，不要愣在這種地方，要不然……』

話還沒說完，小怪意料中的斥責就飛過來了。

『昌浩，你還站在這裡做什麼?!』

昌浩差點跳起來。

『是，對不起！』

抱了幾本書的藤原敏次發出響亮的腳步聲往這裡走來。小怪差點被看不見的他踢飛出去，趕緊氣呼呼地避開他。

『走路小心點嘛！你這個只會動嘴巴的無能陰陽師。』

《這是不合理的評價吧？》

六合難得插嘴。小怪露出苦澀的表情，心想今天還真多難得的事呢！

『說他是無能、無知、衝動、沒大腦的陰陽師，已經夠便宜他了！』

《我勸你公正點。》

聽到不帶感情、缺乏抑揚頓挫的聲音，小怪挑起眼角低聲碎碎唸：

『你到底挺誰啊？』

《這不是重點吧？》

面對怒氣沖沖的小怪，六合還是那麼冷靜。

當小怪與六合展開唇槍舌劍時，昌浩正在聽敏次說教。

『你抱著書出去後，我左等右等都等不到你回來。就算你剛從西國回來，這樣也有

點太散漫了吧！』

『是，對不起，我會注意。』

敏次看著老實道歉的昌浩，滿臉嚴肅地嘆口氣說：

『我知道晴明大人的狀況不太好，所以你更要振作起來啊！要不然不知道人家會在背後怎麼說你呢！你有點自覺嘛！』

『是，你說得對……自覺？』

昌浩覺得這句話接得有點突兀，不由得重複了『自覺』兩個字。

『是啊！』敏次點點頭說。

接下來的發言，更是把昌浩嚇得魂飛魄散。

『你不是把喜歡的女孩接回家了嗎？我是覺得你太心急了，不過，住在一起總比你老是摸黑出去搞壞身體好……昌浩，你怎麼了？』

昌浩表情呆滯，手上的書全啪啦啪啦掉在地上。

小怪與六合也停止舌戰，轉頭看著敏次。

搞不清楚狀況的敏次蹲下來幫他撿書。

『怎麼了？有必要這麼驚訝嗎？這種事沒什麼好隱瞞的吧？』

不，非隱瞞不可。

昌浩在心中這麼吶喊，沒發出聲來。

『喂，振作點嘛！你已經明顯落後，搞不好會因此遭來忌恨。再不堅強起來，不知道會被抓住什麼把柄，說成怎麼樣呢！』

雖說是晴明大人的孫子、吉昌大人的兒子、成親大人與昌親大人的弟弟，你本身畢竟還是個不成熟的人。

敏次邊把書交給他，邊滔滔不絕地教訓他，他只能繃緊神經不停地點頭。敏次說得沒錯，他這麼得天獨厚，難免遭人忌恨，而且那些忌恨他的人，絕不會像敏次這樣直接告訴他。

昌浩深呼吸讓心情平靜下來。

『是，我會小心。』

『嗯，知道就好。你還有一堆工作沒做呢！不要在這裡發呆了。』

『是，謝謝。』

動作俐落的敏次正要回部門前，又回過頭來看著昌浩。

『……』

他眨眨眼睛，淡淡一笑，微微點點頭，接著什麼也沒說就轉身離去了。

昌浩目送著他的背影，臉色很難看。

『他說得沒錯……我是該振作起來了……』

他總是在緊要關頭說出最具關鍵性的話。

『我得好好努力成為他那樣的人。』

直立的小怪立刻對不停點著頭的昌浩大吼：

『喂、喂！拿那種人當目標，還不如立志成為晴明！』

『不行，我要超越爺爺，立志成為他就超越不了啦！』

『唔……』

說得沒錯。

被一口反駁的小怪無言以對，六合還落井下石。

《你被打敗啦！騰蛇。》

這回真的反駁不了的小怪，只能氣得背部直發抖。

『走啦！小怪，不要沮喪啦！』

『我才沒沮喪！』

『可是你的背影很哀怨呢！』

昌浩大步往前走，小怪氣憤地跟在他稍後方。看著小怪那樣子，昌浩輕輕嘆了口氣。

他終於撫平激動的心情，可以冷靜思考了。

自己待在出雲期間，彰子可能也常去市場，一定是出入安倍家時被看到了。不過她通常會披著衣服，而且也沒多少人見過藤原大富豪家的千金小姐，所以身分應該不會被揭穿。

『以後是不是要叫她節制點呢……』

可是，昌浩知道她每次出去都很開心，所以不忍禁止她。可能的話，昌浩希望能讓她自由行動。如果照她原來的命運活下去，那是絕對嚐不到的滋味。

想到這裡，昌浩突然想起前幾天匆匆一瞥的中宮。

透過板窗看到的容貌，跟自己認識的少女一模一樣。但是仔細回想，還是完全不同的兩個人。

不管長得多像，還是會有差異，因為心不一樣，不可能完全相同。

不過，真的很像，讓她當替身的確很有說服力。

她表情緊張，眼神惶恐不安，好像就快哭出來了。

昌浩很快就離開了土御門府，所以無從知道她後來怎麼樣了。

『是不是該去看看她呢……』

他往腳邊瞄了一眼。

『小怪，你去。』

『嗯啊？』

小怪發出有點受到驚嚇的聲音，昌浩苦笑起來。

他感覺到六合在他背後隱形的神氣，轉過頭看，或許可以看到隱約模糊的陰影吧！用來彌補昌浩失去的『靈視力』的道反丸玉，的確發揮了功效。他清楚看到了車之輔，也清楚看見了高淤神。

唯有失去過，才會痛切感受到那是多麼重要的東西。

他一手抱著書，一手按在胸前。這顆丸玉跟香包都是很重要的護身符。守護著自己的人、事、物真的很多，自己才能這樣活著。

所以要儘可能地報答。

『說真的……』

胸口一陣疼痛，那張滿佈皺紋、充滿自信的臉掠過他的腦海。

在我報答之前，你要好好活著啊……

昌浩把書放回書庫歸定位後，才剛回到自己的部門，坐在矮桌前的敏次立刻站起來叫住他。

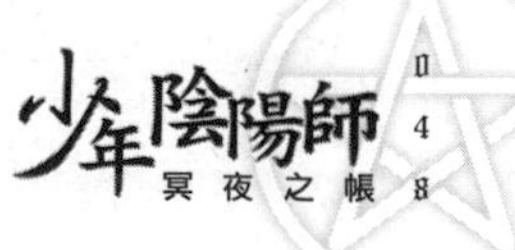

『昌浩。』

『嗯？』

昌浩回過頭，坐在他肩上的小怪齜牙咧嘴，全身白毛倒立。

顧不得隱形的六合拋過來的驚訝視線，小怪進入了萬全的備戰狀態。它討厭敏次到這種程度，已經超越天敵的領域了。

『啊！我馬上去抄寫……』

『不是那件事。』

敏次拉住正要回去工作的昌浩，壓低聲音說：

『剛才行成大人來過。』

『咦？』

藤原行成是昌浩的授冠人兼輔佐人。二月下旬昌浩決定前往出雲後，因為太過忙碌，只以書信報告了這件事。回來後也忙得暈頭轉向，還沒去拜訪過他。

『行成大人？啊！是不是我都沒去找他，他生氣了？』

『在下。』

昌浩一時無法理解這兩個字的意思。

敏次又重複了一次：

『在下。』

『啊！是，呃，是不是在下禮貌不周，令行成大人不快……』

昌浩稍作停頓，觀察敏次的臉色。感覺上好像不是因為這件事。

『應該不是。那麼究竟是……』

快到下班時間了，大家都忙著收拾東西準備回家。昌浩還有雜事要做，已經確定加班。身為下層人員，常常只能目送大家離去。

『他說希望你下班後去他府上一趟，大概有什麼急事。剩下的工作就交給我，你快去。』

『咦？可是……』

他才剛發誓要振作起來，這麼快就毀了誓言，覺得有點過意不去。

可是敏次不讓他繼續說下去。

『沒關係，這是命令，博士也已經允許了。』

既然敏次都這麼說了，昌浩只好放下工作。

『那就拜託你了。』

他這麼說完後，便匆匆離開了陰陽寮。

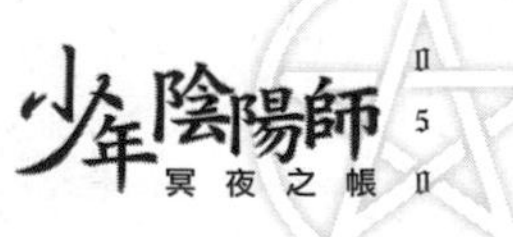

4

右大弁藤原行成今年二十九歲，只比昌浩的哥哥成親大一歲，身分、地位卻遠遠超過成親，是深得皇上信賴的傑出人物，但他從來沒有以此自傲過。

『行成啊！好久沒見到他了。』

登登走著的小怪這麼說，昌浩點點頭。

『是啊！正月時去拜訪過他，後來都只有在皇宮裡偶爾碰面，我聽說他正忙著重建寢宮。』

『我想應該不至於因此而生氣把你找去，不過還是覺得很突然。』

昌浩一把抓起滿臉疑惑的小怪說：

『會不會是擔心我？行成大人就是這樣。』

『嗯，行成是很有可能。』

現在是盛夏，白天特別長。從左京的町尻小路往南走的一路上，昌浩都在胡思亂想。

行成找他，到底是為了什麼事呢？

『喲！昌浩，歡迎你來。』

在府邸寢殿迎接昌浩的行成爽朗地笑著招呼他坐下。

昌浩在南廂房的蒲團上坐下來，從板窗與竹簾都已拉起的南側吹來了陣陣涼風。

今天是梅雨季期間難得的大晴天。

『許久不見，連聲問候都沒有，真是失禮了。』

昌浩恭敬地低下頭，開心地看著他的行成趕緊叫他抬起頭來，然後對侍女們使了使眼色，侍女們很快就退下了。徹底清場後，行成便切入了主題。

『不久前，左大臣大人派使者來過我這裡。』

昌浩的心跳加速。難道是未來的妻子這件事已經傳入了左大臣耳裡？

看到昌浩的臉色愈來愈難看，行成疑惑地問：

『你怎麼了？』

『沒什麼……左大臣大人說了什麼？』

他拚命壓抑狂跳的心詢問。行成點點頭說：

『他說暫住在土御門府的中宮想見你。』

昌浩的心跳得比剛才更快了。

『咦……？』

『聽說她的病遲遲不見好轉，需要臥床靜養。意志又有點消沉，使得病情更加惡化。』

行成露出憂鬱的表情。

『我想可能是後宮的壓力太大，她心情不好，懷念起入宮前的生活吧！』

你曾經把她從可怕的妖怪手中救出來，又是陰陽師，所以她信賴你。

昌浩強裝鎮定聽著敏次這麼說，在膝上握緊了拳頭。

她是怎麼想又怎麼說要見我的呢？她心中是不是埋藏著不能告訴任何人的事呢？可是，當時自己並沒有報上名字，因為他想沒有那個必要。

或是那個擁有可怕力量的怪和尚又把魔爪伸向了中宮？即使是，他還是想不通為什麼會指名想見他。

『說幸好……可能有點奇怪，不過，真的幸好是在土御門府，所以左大臣大人說應該可以安排見面。我知道你很忙，不過，你可以去一趟嗎？』

昌浩慌忙說：『別這麼說，我當然要去！這可是左大臣大人與行成大人的指示呢！不遵從的話，我祖父和父親都會大發雷霆。』

聽到這麼誠懇的回答，行成淡淡笑著說：

『太好了，那麼明天見。』

談話到此為止。

原來如此，果然是不能在皇宮裡談的事，難怪特別把他叫出來。

在回家的路上，昌浩邊走邊大大吐了口氣。

『嗯，中宮為什麼想見我呢？』

『這個嘛……』

小怪把手一攤嘆口氣，轉頭往後看。

『喂，你覺得怎麼樣？他這麼遲鈍，恐怕前途多難哦！』

後面沒有應聲，保持沉默，但散發出來的氛圍明顯表示同意。

『就是嘛！喂！昌浩，你要知道，人老實到太遲鈍，有時是一種罪過。』

『啊？』

就在昌浩茫然不解地反問時，覺得彷彿有隻冰冷的手摸過他的頸子。

他一陣戰慄，全身寒毛豎立。環視周遭，發現天都還沒黑，路上卻已不見半個人影。

小怪從昌浩肩上跳下來，啐地咂了咂舌。

『最近老是這麼大意……』

六合現身了，揮動著深色靈布，幾乎不帶感情的黃褐色眼眸流露出嚴厲的神色。

『接二連三被人設計，我們跟在你身旁就沒有意義了。』

『就是啊！』

小怪懊惱地點點頭，迅速看著四周。

無人的町尻小路，染紅的天空逐漸佈滿雲層，從遠處飄來了雨的味道，快的話，半夜前就會下起雨來。

小怪把全副精神磨得像針般銳利，邊摸索敵人的氣息邊低聲叫著：

『……在哪？』

它不會忘記這個法力，就是幾天前壓制十二神將、喚醒了昌浩之血的那個怪和尚的法力。

小怪的白色身軀微微散發著紅色鬥氣，在它旁邊的高大六合摘下左手的手環，變成長槍備戰。

昌浩聽著愈來愈快的心跳聲，做了好幾次深呼吸。

有東西在身體深處顫動著。

那是火焰，已經覺醒的血之力量再也不會消失了。

可以感覺到用來防止異形力量失控的守護玉石在直衣下的冰冷脈動。與道反神域同樣清靈的力量正在昌浩體內擴散開來，將火焰掩埋、熄滅。

昌浩透過衣服抓著玉石和香包，集中了精神。

『找到了……！』

昌浩大叫，用右手打出刀印。

『嗡阿比拉嗚坎夏拉庫坦！』

揮出去的刀印化為靈氣之刃。

黑色衣服在沿著小路連綿相接的宅院屋頂上飛舞。

怪和尚輕鬆閃過昌浩施放的法術，推起斗笠露出臉來。精悍的容貌籠罩著沉滯的陰影。看起來比前幾天更陰森，昌浩全身起了難以形容的戰慄。

有了道反丸玉的輔助，『靈視』的力量似乎比以前更強了。或者，這是壓抑到可忍受範圍的天狐的通天力量？

他看到以前對決時看不到的東西在怪和尚的背後飄浮著。

『那是什麼……？』

『怎麼了？』

小怪聽到昌浩的喃喃自語而把視線轉向他，六合也是。

昌浩目不轉睛地看著和尚，訝異地瞇起了眼睛。

『我看到……黑色……像熱氣般的東西。』

背對著夕陽、穿著黑色僧衣並戴著斗笠的和尚身材壯碩，看起來年過三十，籠罩他全身的空氣微微扭曲著。

小怪與六合聽昌浩那麼說，仔細觀察和尚，卻看不到昌浩所說的熱氣。但是十二神將知道，有時人類所具有的力量遠勝過他們。昌浩是陰陽師，身上流著天狐的血，又有道反大神的加持，能力應該比以前更強了。

斜視昌浩的怪和尚猙獰地笑著，視線挑釁著昌浩的神經。

小怪火冒三丈，焦躁地大叫：『你到底是什麼人？快快報上名來，邪魔歪道！』

被齜牙咧嘴的小怪的酷烈眼神射穿的怪和尚，若無其事地避開視線，緩緩開口說：

『那就告訴你們吧！我叫丞按。』

丞按？昌浩在嘴裡重複這個名字。名字是咒語也是言靈，和尚竟然輕易地告訴了敵人，他到底在想什麼？

發問的小怪也很意外，沒想到對方會答得這麼爽快。

『……騰蛇。』

六合低聲叫喚，小怪動動耳朵回應。霧氣從怪和尚周圍裊裊上升，冒出無數的黑影纏繞著錫杖。

怪和尚丞按臉上的輕蔑神色愈來愈強烈。

『不要忘了這個名字，擁有這個名字的人將屠殺破壞計畫的怪物之子和愚蠢的十二

神將。』

大言不慚的話惹惱了小怪，白色軀體綻放出紅色鬥氣。

灼熱的風拍打著昌浩的臉，轉眼就變回原貌的火將騰蛇，用怒火熊熊燃燒的金色眼眸瞪著丞按。

露出尖銳犬齒的嘴角浮現帶著怒氣的笑容。

『我會讓你後悔說了這句話。』

纏繞在紅蓮手上的薄絹被熱氣煽得飄揚起來。六合的靈布也被熱風吹得鼓脹翻騰，黃褐色的眼睛微微轉動，深鎖的眉頭顯得憂心忡忡。

『騰蛇。』

『幹嘛？』

『你不會忘了昌浩說的話吧？』

六合與紅蓮的視線瞬間交接。

他沒忘。當時感受到的沉痛憤怒、近乎悲哀的溫柔，怎麼可能忘得了？

溫柔而堅強的人類孩子說：十二神將不能傷害人類、不能殺害人類，不要為我觸犯這樣的天條。

昌浩沉默地注視著兩名神將，他們比自己高出許多、背部寬闊，有時卻脆弱得令人

難以置信。如同他們發誓為自己赴湯蹈火般，自己也誓言要為他們赴湯蹈火。

昌浩站到神將前面，與丞按對峙。

『你的目標到底是誰？』

怎麼看都很脆弱、無力的怪物之子，向擁有可怕法力的自己挑戰。丞按似乎很欣賞他這一點，帶著侮蔑的笑容說：

『目標？就算我告訴你，你也阻擋不了。』

『不管你有任何企圖，我都會阻擋你。』

昌浩說得斬釘截鐵，丞按忍不住大笑起來。

『我的目標是那個女孩，企圖是終結那一族。』

『什麼?!』

在和尚周圍蠢蠢欲動的幻妖們像是呼應似的來回跳動著。東搖西晃散佈妖氣的幻妖們，正等著攻擊昌浩他們的號令。

幻妖們的低鳴聲隨風傳送到紅蓮耳裡。

不及肩的散髮被綻放的神氣煽得扭擺搖曳，額上的金箍在暮色深濃的天空下閃爍著微弱的光芒。

『紅蓮……』

勸諫的口吻傳入耳裡，紅蓮不用回頭也能輕易想像，昌浩正用怎麼樣的眼神看著自己的背部。

『我知道。』

就在他短短回應的瞬間，丞按舉起了手上的錫杖。

『首先，我要屠殺阻礙我的十二神將。』

杖前的金屬小環喳鈴喳鈴鳴響，無數的幻妖像接到號令般，同時撲上前去。

這幾天病情稍有好轉的安倍晴明，在單衣上披上外衣，倚靠著憑几翻閱以前寫的紀錄。

父親在他結婚後沒多久就去世了，所以沒有兄弟姊妹的晴明家族，當時只有妻子和孩子，只是妻子也在結婚幾年後病逝了。

『我算是晚婚了。』

『雖是晚婚，也跟現在的成親差不多年紀吧？』

接話的是最近都陪在晴明身旁的風將白虎，除了他之外，青龍、天后也在，偶爾也會看到勾陣。

晴明的房間不是很大，十二神將個個高大魁梧，所以多人現身時就會覺得房間很窄。

白虎雖然比青龍他們稍矮，卻比他們結實壯碩。精悍的容貌看起來四十歲左右，跟外表像小孩子的玄武、太陰站在一起就像父子和父女。

白虎淺灰色的雙眸望向晴明，微偏著頭說：

『想太多對身體不好哦！最好在青龍眼露兇光之前躺下來。』

『在這種時候抬出青龍的名字，真像你的作風呢！白虎。』

老人苦笑著，白虎滿不在乎地回說：

『我知道無論我說什麼你都會當耳邊風，所以我選擇了最有效的說法。』

被點名的青龍靠牆站著，像平常一樣雙臂環抱胸前，表情嚴肅。清澈的藍色眼睛嚴厲地瞥了白虎一眼，立刻轉向了遠方。

天后從頭看到尾，輕輕嘆了口氣。青龍老是緊繃著神經，是因為晴明已如風中殘燭。要不然，他不會無意識地散發出這種如針刺般的冰冷神氣。

『晴明大大，您差不多該躺下來了。』一低頭，銀色的柔順直髮就垂落胸前，天后輕輕往後撥，深綠色的雙眸看著主人。

『可是整天躺著，我都有點煩了。』

『我會哭哦！』

清脆的聲音帶著堅決。

晴明以沉默回應。

仔細一看，美麗的天后把嘴巴抿成了一條線，而且翠綠的眼睛就快泛起了淚光，證明她剛才說的話一點都不假。

天后是個溫柔嫻淑的神將，又因為是水將，所以像水一般柔軟，擁有良好的適應力。她的性格上有潔癖，厭惡不正當的行為，所以至今仍無法原諒騰蛇的錯。她外表溫柔，內心卻很堅強，說不定比誰都承受得了打擊。

『我可不想惹妳哭。』

晴明嘆口氣，闔上了書。

看到主人躺下來，天后才放鬆了緊繃的心情。她突然感覺到一股視線，回過頭，倚牆而立的青龍正看著她，眼神比剛才緩和了許多。

『妳真行呢！天后，這種時候妳的手法最高明。』

白虎哈哈大笑，天后聳聳肩站起來說：

『我先回異界待命了……白虎，太陰好像還沒振作起來呢！』

話題被轉到自己身上，白虎瞇起了眼睛說：

『沒想到那個野丫頭那麼禁不起打擊，真會給我找麻煩。』

他不情願地站起來，又轉向青龍說：

『我要暫時離開守護行列，不過我會叫勾陣來交班。』

『隨便你。』

白虎的心情絲毫不受青龍冷漠的回答影響，又轉向晴明說：

『改天我抓嘉魚來，你喜歡吃嘉魚吧？』

『我等你抓來囉！』

天后和白虎一起隱形，氣息很快就消失了。他們回到了人界之外的異界。

躺著也睡不著的晴明，張開眼睛看著天花板的樑柱。

『宵藍。』

低聲呼喚後，晴明稍作停頓。如他所料，青龍沒有回應，就在感覺到青龍的意識轉向自己時，他又接著說：『那個天狐是叫凌壽吧……你還記得他的氣息嗎？』

青龍咬牙切齒地說：『當然。』

下次再碰到，非報一箭之仇不可。

當時肩膀受的傷還沒癒合，一動就會隱隱發麻直到指尖，不得不承認自己的通天力量的確不及天狐。

就算帶著天空給的武器，恐怕也縮短不了差距。

有兩名神將的通天力量遠遠勝過自己，那就是十二神將中最強的兇將騰蛇和勾陣，他們兩人或許還能取勝或跟凌壽打成平手。
不過，必須在不壓抑通天力量的狀態下作戰。
青龍狠狠瞪著半空中，晴明彷彿閒聊般，以若無其事的語氣說：
『他現在應該也正窺視著我。』
過了好一會，青龍才聽懂他的話。
『……什麼?!』
青龍大驚失色。晴明淡淡地說：『他隱藏了氣息，所以你們可能都沒發現……真不可思議，是天狐的「血」告訴了我這件事。』
晴明嘆口氣，閉上了眼睛。
如同他在靈魂深處感覺到凌壽的存在般，『血』也告訴了他另一個自稱為晶霞的天狐的存在。
他常想，為什麼父親至死都沒有提過母親的事？
母親是怎麼樣的人呢？為什麼異形會嫁給父親這個普通人類？
晴明還小時，母親就下落不明了。他開始使用『晴明』這個名字，是在他長大行元服之禮的年紀時。名字在他出生時就取好了，只是在那之前他完全不知道自己的名字。
不知道母親是誰，也不知道自己的名字，這些都是很奇怪的事，自己卻把這些都視

為理所當然，可見當時的自己一定沒什麼生活常識。

若菜接納了這樣的他，沒有評論這件事，也沒有嘲笑他。

她現在是不是還在岸邊等著晴明追上來呢？那個地方很暗，她非常害怕，卻還是忍耐了幾十年癡癡等待著。

『讓她等這麼久，她說不定會對我死了心……』

本來應該讓她等更久的，但是時間提早了。她會因為自己來得太慢而生氣？還是會因為自己來得太早而……悲傷？

唯一可以確定的是，不管怎麼樣她都會哭。

『晴明，天狐在哪裡？』

青龍怒氣沖沖地問，晴明張開眼睛移動視線，看到青龍愈來愈兇狠的眼睛情緒化地燃燒著怒火。

『千萬不要輕舉妄動，宵藍。你真要跟他打起來，也許可以取他一隻手臂或一隻腳，但是現在你肩膀受傷，很可能反被他制伏……不要為我這樣的老頭浪費你寶貴的生命。』

青龍的雙眼閃爍著酷烈的光芒，他所釋放的氣息像冰刃般冰冷。

『既然知道自己是個老頭，說話就小心點，不要老激怒人。』

『不行，那是我唯一的樂趣。』

青龍銳利的眼光射穿抿嘴一笑的老人。在十二神將中，恐怕只有他會用近乎殺氣的視線看著主人。

從以前，晴明就喜歡青龍這種坦率、不欺騙自己的個性，所以不管青龍說的話有多難聽，晴明都不曾討厭過他。

十二神將個個都很有個性，晴明很喜歡他們，把他們當成無可取代的朋友，從以前到現在都是這樣。

青龍的眼神愈來愈兇狠，彷彿連風都嚇得靜止了。

是稍微低沉的爽朗聲音打破了緊張的沉默。

《你是鬥將青龍，怎麼可以真的跟人類生起氣來？》

神將勾陣帶著莫可奈何的笑，出現在兩人之間。比青龍矮一個頭的勾陣，雙臂環抱胸前斜視著同袍。

『白虎說他不放心，所以我來看看，一來就碰到這種場面。青龍，你動不動就發脾氣，小心額頭上的皺紋會消不了。』

勾陣說完，晴明哈哈大笑，當事人青龍氣得瞪她一眼就撇開視線隱形了。

『真是的，這傢伙還是這麼難溝通。』

邊嘆息邊低聲叨唸的勾陣，在床邊坐下來。

『你被天后威脅了？』

『妳聽說了？』

『白虎說的。』

勾陣點著頭說，晴明苦笑起來。

『那種時候的天后很頑固，跟青龍有得比。』

『沒錯，不過，晴明，你不要忘了，那種時候的天后通常是對的。』

含笑的聲音突然嚴肅起來，似乎在告訴主人，每個人都很擔心主人。

『我知道……但是不管你們怎麼關心我，都不能改變我的心意，希望你們能諒解。』

『說不諒解也不行吧？』

『我還是希望取得你們的諒解和同意……對不起，提出這麼無理的要求……』

晴明將摻雜種種感情的視線從勾陣身上轉移到天花板上。

看著晴明的表情，勾陣知道他已經下定了決心，不管是任何人的請求，都無法動搖他的心。

『今後你的所有心思只會放在昌浩身上？』

勾陣向晴明確認，晴明微微一笑，默默點了點頭。

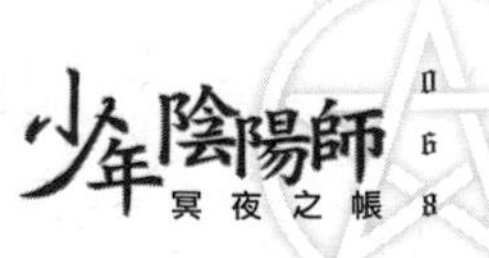

5

在比心臟更深處的地方產生了脈動。

昌浩瞥一眼蠢蠢欲動的幻妖群。散發著奇妙妖氣的幻妖在昌浩他們周圍跳來跳去，慢慢地縮短距離。

只要對方不是人類，紅蓮跟六合就可以放手一搏。而且，雖然幻妖的數目很多，動作也很敏捷，但力量並不強。

『滾開！』

紅蓮怒吼，手臂一揮，灼熱的鬥氣就化為猛烈扭擺的火蛇，張開血盆大口衝向了幻妖。

分成好幾路向四方散開的火蛇與幻妖對峙，鑽過縫隙撲上來的幻妖，都被六合的銀槍瞬間劈開了。

被劈成兩半的幻妖又會再生，數量不斷增加，殺也殺不完。

紅蓮與六合負責對付幻妖，昌浩與丞按互瞪對峙著。

蓄勢待發的火焰在心底深處搖曳，產生了脈動。道反丸玉釋放神力，包住了脈動。

警鐘在大腦某處響起。天狐的血太過強烈，就算有神授與的守護玉石，也無法完全封住。

若支撐不住而釋放出異形之血，就會害死自己。

昌浩小心翼翼地調整呼吸。他不想死，不是因為怕死，而是不想讓某些人為他傷心。

丞按縱身跳到小路上。夕陽已經西沉，黃昏的氣息籠罩四周。

和尚手上的錫杖敲打著地面，金屬小環發出聲響，回音扭轉炸開來，非比尋常的強勁法力襲向了昌浩。

『禁！』

昌浩在地上橫向一揮彈開了法力，接著閃過幻妖的攻擊，蹬地而起。

十二神將不能與丞按對峙，只有他可以。但是他沒有武器，有的只是法術和靈力。

『嗆雷、馬卡嗆雷、嗚基莫基亞雷、阿拉巴太伊、戚哩塔哈太伊……！』

真言本身並沒有力量，只是用來輔助無形的靈力發揮實際效果的道具。

——重要的不是語言，而是注入當中的意志力。

這是他從小一再被教導的事，不能認輸、不能放棄、不能喪志。

那個慈祥的聲音跟他說過很多次，要有堅強的意志。

他們體內的『血』正逐漸侵蝕著他們的生命。但是他想救祖父，現在還太早，起碼要讓祖父再多活五年。

心中閃過祖父的身影，昌浩不由得咬住嘴唇。

怪和尚丞按挑釁地說：『安倍之子……不，怪物之子，你要殺我嗎？』

『我不是怪物！』

昌浩怒吼，揮出刀印。

『嗡唦庫肯！』

凌厲的氣勢化為刀刃。

丞按揮動錫杖，把風刃打得粉碎。

『不，你是怪物，跟我一樣。』

和尚淒厲的笑容，讓昌浩的背脊掠過難以形容的寒顫。

昌浩反射性地後退，錫杖前端從他鼻尖掃過，緊接著風聲從耳邊呼嘯而過，無數的妖氣從三個方向席捲而來。

就在他無意識地閃避時，丞按立刻乘機揮下錫杖，速度之快讓他倒抽了一口氣。

剎那間，視野角落閃過銀色的光芒。

差點打爛昌浩頭蓋骨的錫杖被彈開，發出了清脆的聲響。丞按受到衝擊力的震撼往

後倒退幾步，揮舞著銀槍的六合立刻滑入他與昌浩之間。

『六合！』

『我不會主動攻擊他。』

分明就是強詞奪理，但是自己因此得救了也是事實，昌浩懊惱地打出手印。

啊！自己每次都要他人出手相助，否則什麼事也做不了。

六合又用缺乏抑揚頓挫的聲音接著說：

『赤手空拳對付有武器的人是最愚蠢的事。』

『沒辦法啊！』

昌浩反射性地吼回去時，耳邊響起紅蓮的叫聲。

『滾！』

灼熱的鬥氣熊熊燃起，被釋放出來的火蛇攫住的幻妖燒成灰燼。幻妖們被愈燒愈烈的火焰包圍，瞬間灰飛煙滅。

紅蓮兇狠的眼神射穿丞按。一般人會被那樣的視線嚇得退縮，丞按卻毫不在意地揮起了錫杖。

杖頭打在地面上，搖晃的小金屬環發出鏘鏘的清脆聲響。昌浩發現聲音逐漸變得渾濁。

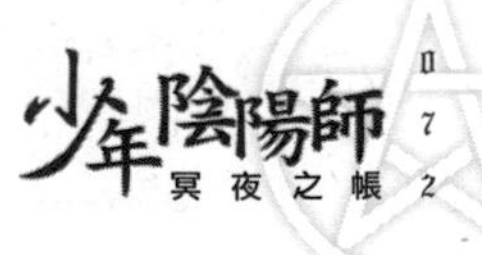

一股熱氣般的東西從丞按全身散發出來，沒來由的恐懼攫住昌浩的心臟，心跳猛地加速。

突然，丞按剛才說的話在腦中浮現。

——你是怪物。

那之後他又說了什麼？是不是說跟他自己一樣？

丞按猙獰地笑了起來，又從敲打地面的錫杖底端冒出黑色霧氣，與他身上的熱氣相結合，凝聚成異形的形體。

凝聚而成的黑色幻妖一隻接一隻向前猛衝，紅蓮與六合忙著反擊，連喘息的時間都沒有。

『不打倒源頭，永遠也殺不完。』

紅蓮忿忿地說。六合短短回應他：

『摧毀那支錫杖吧？』

紅蓮舉起右手，召喚火焰戟，同時放出深紅的火蛇殲滅幻妖，做成守護昌浩的壁壘。

紅蓮與六合把昌浩留在壁壘中，伺機而動，環繞他們的空氣中充滿著鬥氣。

被留在壁壘裡動彈不得的昌浩焦急地大喊：

『紅蓮、六合，不可以！』

備戰架式無懈可擊的兩名鬥將暫時停止動作。六合沉默地看了昌浩一眼就撇開了視線，由紅蓮開口說：

『你或許會覺得我們是在狡辯，但是……』

他不讓氣急敗壞的昌浩有機會說話，堅決地說：

『我們最重視的是守護主人的誓約，遠勝過自己的生命或天條。』

他們有不惜公然否定昌浩的話也要實現的誓言。

『如果你怎麼樣都不能原諒……』

昌浩屏住氣息，透過壁壘望著紅蓮與六合的側面，看不到一絲絲迷惘。

『那麼，就不要原諒。』

因為他們絕不會改變心意。

『……唔……！』

兩名鬥將把無言以對的昌浩擋在後面，各自亮出武器與丞按對峙。無數的幻妖被紅蓮釋放出來的火焰擋在壁壘外，沒辦法接近，於是發出焦躁刺耳的叫聲，陷入狂亂中。

丞按感覺到神將們散發出來的敵意，卻絲毫不受影響，還是老神在在的模樣。從他全身冒出來的熱氣愈來愈濃烈，只有昌浩看得見。

心跳加速，沒來由的焦躁揪住昌浩的心，他握起了拳頭。

『我本來以為，收服十二神將可以當成很好的棋子……』

和尚稍作停頓，又眯起眼睛嘲弄似的說：

『看來我錯了，沒想到你們這麼愚蠢，竟然會為了那樣的怪物而捨棄神族的驕傲和所有的一切，太悲哀了。』

紅蓮的金色眼逐漸泛紅，並肩而立的六合也流露出嚴厲的眼神。

空氣緊張僵滯，結界依然穩穩地包圍著昌浩他們與丞按。

昌浩突然覺得不對，剛才紅蓮與六合為什麼完全沒有察覺包圍了他們的結界呢？雖然他們為自己的大意感到自責，但是，沒有察覺應該不是因為他們的警覺性不夠。

『你好像不太能應付呢！丞按。』

就在這時候，背後響起冷笑的聲音。

完全沒感覺到後面有氣息的昌浩倒抽一口氣，猛然回頭。

紅蓮與六合也沒察覺。一個男人站在兩名神將與一個孩子背後，雙臂環抱胸前冷笑著。

男人的手輕輕一揮，火焰的壁壘就散開了，輕而易舉地消除了神將騰蛇的通天力量。

『幾時出現的……』

六合把茫然低語的昌浩拉過來，紅蓮趕緊接住搖搖晃晃的他，把他推進兩人之間。

昌浩交互看著丞按與那個男人。

男人知道丞按的名字，可見他們彼此認識，那麼，這個男人是誰？

警鐘在體內響起，告知他危險，這個男人是怪物。

男人看著臉色發白的昌浩，發出溫柔的聲音說：

『啊！果然還是個孩子。雖然擊敗了傲狼，人類的血還是太過濃烈。混合的血太薄弱，不能引來晶霞。』

『晶霞……』

那是救了祖父的天狐的名字。

丞按板起臉來不高興地說：

『凌壽，不要妨礙我。』

『妨礙？不、不，我沒那個意思。』凌壽瞥昌浩一眼，瞇起眼睛說：『我只是在想，什麼東西最能引誘那個老人出來，想到應該是這個孩子，不過既然他是你的獵物，我就不出手了。』

不知道凌壽是來做什麼的，他說完這些話就安靜地閃到後面去了。霎時，火焰戟就

落在他剛才站的地方，失去戟的形狀燃燒起來消失了。

打散火焰壁壘的凌壽的力量，把算是自己人的黑色幻妖也嚇得往後退。被擊碎的幻妖身體沒有再生，痛苦掙扎發出刺耳的慘叫聲。

小金屬環的聲音趁勢開始繚繞回響。

紅蓮咂咂嘴，把凌壽推給六合應付，自己轉身面向丞按。

一身黑衣的怪和尚站在原地動也不動，坦然面對被稱為十二神將中最強鬥將的騰蛇的視線，斜立著錫杖。

『神將，你幹嘛這麼珍惜這個怪物？他遲早都會死，你就不要再浪費力氣了。』

紅蓮的表情是冰冷的憤怒，原本只是微微泛紅的金色眼睛轉為深紅。

全身湧出的灼熱鬥氣從鮮紅轉為純白。

與凌壽相對峙的六合繃緊了全副精神。他聽說過，凌壽是威脅到晴明的生命，還讓青龍受重傷的天狐，絕不能掉以輕心。

看著六合緊張的模樣覺得很好笑的凌壽，突然膝蓋一彎，就在六合倒抽一口氣的瞬間滑到了他面前，時間短到還來不及眨眼。身為鬥將的他，竟然會如此大意。

『……！』

『你佩戴的東西很有意思呢！』

凌壽拿起六合掛在胸前的紅色勾玉，仔細端詳著，就像個發現玩具的小孩，連說話的聲音聽起來都天真無邪。

勾玉的顏色在凌壽手中產生了微弱的變化。

風窸窣動了一下。只能在六合背後看著這一切的昌浩，心臟猛烈跳動起來。因為凌壽靠近，所以體內的血液起了反應。

『六……』

就在昌浩開口的瞬間，六合的神氣已經毫無預警地爆發了。

神氣將褐色長髮與深色靈布高高煽飛起來，強勁的凌壽被毫無克制的通天力量擊中，又挨了一記銳利的銀槍，也來不及反擊就被彈飛出去了。

『唔……！』

餘波震盪，昌浩反射性地交叉雙臂、踩穩雙腳抵擋衝擊。

翻了兩次觔斗跪在地上的凌壽，神情自若地說：

『原來如此，稱得上神將，果然有兩把刷子。可見上次那個也是囉？……那麼，下次碰到時得殺了他。』

最後一句是在嘴巴裡嘟囔著，沒有傳入昌浩耳裡。

但是，昌浩心跳劇烈，環繞全身的血液明明熱得彷彿沸騰起來了，體內最深處卻冷

得幾乎凍結。潛藏在最深處的火焰，正在與壓抑火焰的神氣對抗。

猙獰奸笑的凌壽所釋放的氣息纏繞著昌浩的肌膚。

昌浩突然發現，要很接近才能察覺到他的氣息，還要有『血』的呼應才能勉強感應到他強烈且無懈可擊的力量。

『就是你佈下了這個結界？』

要佈設這麼巧妙、連十二神將都察覺不到的強韌結界，只有異形做得到。

凌壽瞇起眼睛說：

『正確答案，不愧是我眷族。不過你太弱了，就放過你吧！』

他站起來轉過身，又說：

『我很仁慈，不太想殺生……』

天狐凌壽假正經地說完後就消失了。

強韌的結界也在他消失的同時忽然不見了。

與紅蓮對峙的丞按氣得直咬牙，心血來潮就插手，沒興趣了就把所有事推給別人，自己說走就走，所以絕對不能輕易相信異形。

『凌壽，你這小子……！』

在夜幕完全低垂之前，路上還有一些行人往來。丞按雖不在乎他人的眼光，但也不希望傳出什麼奇怪的流言。

他咂咂舌，把錫杖往地上敲，小金屬環發出聲響，扭曲變形的轟隆聲轉化成擊潰昌浩他們的強大力量。

『啐！』

紅蓮的神氣爆發，灼熱的鬥氣破了丞按的法術。

當小金屬環的餘聲完全消失時，怪和尚已經不見了蹤影。

昏昏沉沉躺在床上的晴明，突然張開眼睛。

不知不覺中，太陽已經下山，由夜晚掌管了世界。他慌忙環視周遭，隱藏氣息隨侍在側的勾陣發現他驚慌的模樣，問他：

『怎麼了？晴明。』

晴明撐起上半身，用單衣的袖子擦去額頭上不斷冒出的冷汗。

心跳急速，體內沉睡的『血』紛擾不安。

正要開口說什麼的勾陣，突然張大眼睛猛地站起來，掀起竹簾，仰望南方天空。

她清楚看見了裊裊上升的神氣。

『騰蛇……?!到底是……』

「看來是遭到攻擊了。」

聽到摻雜著嘆息的嘶啞聲，驚訝的勾陣回頭看著主人。

「遭到攻擊？」

「應該是天狐凌壽。」

也可能是曾經聽說過的怪和尚。

據說，他們身上的『血』會傳達眷族的危機。那麼晴明感受到的衝擊，應該就是昌浩所受到的衝擊。

有紅蓮與六合跟著昌浩，晴明相信除非發生天大的事，否則昌浩不可能陷入絕境。

但是，他還是覺得不安。凌壽的妖力遠勝過晴明的想像，雖是偷襲，也把青龍打成了重傷。

晴明努力調整急促的呼吸，抬頭看著勾陣。比夜還要深的黑髮在夜風中飄揚，烏黑的清亮雙眸總是帶著沉靜。

很久以前，晴明給過這個兇將名字，只是取完名字後，一次也沒叫過。晴明取的名字是『咒語』，束縛著所有鬥將。

這麼做不是因為討厭他們，而是關心他們。

「勾陣，昌浩拜託妳了。」

『為什麼突然這麼說？昌浩有騰蛇、六合跟著……』

她微微瞪大眼睛，終於理解晴明話中的意思。

吐出屏住的氣，她平靜地問：

『你是要我今後保護昌浩，而不是晴明？』

『就當作是這樣吧！』

『十二神將要保護主人，聽從主人的命令……你才是我的主人。』

老人和藹地笑著說：

『嗯……宵藍也這麼說。』

『晴明，我的主人是你。』

『嗯……說得也是。』

勾陣閉上眼睛。她就知道晴明會這樣回答。

投入這個男人旗下成為式神才短短的幾十年，但是，人類的生命真的很短又無常，很快就會拋下活過漫長歲月的十二神將離開。

『我的主人是你。』

勾陣又重複一次，張開眼睛淡淡笑著。

晴明無言地看著她。

不管發生什麼事，她都不會違抗主人的命令，因為她如此發過誓。

『安倍晴明，只要是你的命令，神將勾陣就會遵從……』

敵人的氣息完全消失了。

確定後，昌浩虛脫地跪了下來。

『昌浩！』

聽到紅蓮大驚失色地大叫，昌浩舉起一隻手回應說：

『我沒事，等一下……』

他把另一隻手按在胸前，透過衣服握住丸玉和香包。凌壽的氣息活化了異形之血，唯獨這件事，誰也幫不了忙，不能靠任何人，是他與繼承了異形之血的自己之間的戰爭。

無論如何都要鎮壓下來。

漸漸平靜下來後，昌浩噓口氣，把肺裡的空氣全吐出來。

『不用擔心，我沒事。』

昌浩站起來，擦乾額頭上的汗水，不經意地看了六合一眼，在他胸前搖晃的紅色勾玉閃爍著微弱的光芒。

解除戰備狀態的六合，表情比平常更沒感情，黃褐色的眼睛像水面般平靜，看起來就跟平常的他一樣。

但是，剛才他的背影的確顯得情緒激昂，第一次看到他那個樣子。

確定昌浩已經平靜下來了，紅蓮才變回小怪的模樣。昌浩把小小的白色身軀抱到肩上，低聲說：

『喂，小怪……』

『嗯？』

昌浩偷偷問眨了眨眼睛的小怪：

『剛才六合好像變了一個人，為什麼呢？』

小怪瞪大眼睛轉頭看著同袍。六合環視周遭，確定沒有危險就默默地隱形了。

『說得也是……到底為了什麼呢？』

『是我在問你啊！』

『我也不知道。』

兩個人正偏頭苦思時，隱形的六合看到他們那個樣子，流露出訝異的神色。

《太晚回去有人會擔心哦！》

沒有主詞指出誰會擔心，應該是說大家都會擔心吧？

被提醒的昌浩這麼一想，驚慌失措地說：

『哇，彰子會擔心，快走吧！』

緊緊抓住肩膀以防摔下來的小怪，看著衝出去的昌浩，低聲說：

『喂……六合又沒說是彰子……』

他第一個就想到不能讓彰子擔心，這樣的圖表已經深植在他大腦裡。

小怪看著頭也不回往前衝的昌浩側臉，感慨地苦笑起來。

回到家時，夜幕已經完全低垂。

現在是盛夏，白天特別長。這幾天都是在太陽下山前回到家，所以今天算晚了。

小怪看著昌浩穿過大門、衝進屋內，急著把脫下來的鞋子擺整齊的樣子，無奈地對他說：

『我來擺，你去吧！』

它長長的尾巴指向房間，昌浩啞然無言，默默點個頭就衝向了走廊，趴躂趴躂的腳步聲逐漸遠去。

『真是的，都回到家了，跑步跟走路會差多少呢……』

邊唸邊整理鞋子，還靈活地用前腳把沾在鞋子上的土拍乾淨的小怪，察覺背後有氣

息，轉頭往後看。

『是勾啊……臉色真難看，怎麼了？』

很難得看到勾陣這麼頹喪的表情。

小怪把鞋子排好，訝異地面向她，夕陽色的眼睛直直看著她。這樣看了一會，小怪的眼神突然變得嚴厲。

『發生了什麼事？』

聽到它低沉的聲音，勾陣淡淡一笑搖搖頭。

『沒什麼……是剛才你的神氣傳到這裡，所以我來問你發生了什麼事。』

這種閃躲的說法，更加重小怪的疑心。它沒有助跑就跳上勾陣的肩上，瞇起一隻眼睛說：

『我的事等一下再說……咦，怎麼多出了鞋子？』

視線變高，視野也跟著變寬的小怪，發現泥土間有陌生的鞋子，不是吉昌的，也不是晴明的。

勾陣興趣盎然地看著在極靠近自己的地方甩動的長耳朵，點點頭說：

『啊！剛才有客人來，現在正在昌浩的房裡。』

『我回來了！』

衝進自己房間的昌浩猛地停下腳步，張口結舌，全身僵硬。

原本凌亂的房間，書都高高堆放在牆邊，早上出去時還丟在地上的昨天穿過的衣服，也摺得整整齊齊。

昌浩認為彰子一定在自己房裡，所以毫不猶豫地飛奔回房，他果然猜對了。

穿著以她的年紀來說，顏色有點老氣的外衣的彰子，在昌浩出仕不在家的白天，有空就會打開堆在房裡的書或卷軸閱讀。有不懂的地方就請教十二神將，一點一點地累積知識。

今天她也坐在矮桌前，但是，不像平常那樣露出開朗的笑容迎接昌浩，而是神情緊張，全身僵硬。

原因一目了然。

『喲！小弟，這麼晚才回來啊？』

『加班嗎？不要過度勞累哦！』

穿著直衣的大哥和二哥正坐在彰子前面傻笑著。

昌浩嚇得魂飛魄散，呆若木雞地站立著。

成親看到小弟那個樣子，一點都不在意，敲敲放在膝蓋旁的布包說：

『我太座要我把這個交給弟妹，所以我拿來了。』

『我回家後再告訴我太太，她一定會替你高興。』

被太過驚人的狀態嚇得呆住了的昌浩趕緊振作起來，心慌意亂地反駁：

『哥、哥、哥哥，你們在說什麼啊？』

『就是說這位……』成親指著直直坐在矮桌前，全身僵硬的彰子，瀟灑地說：『這位藤小姐啊……有什麼關係嘛！都這種時候了，幹嘛還要隱瞞？』

成親攤開雙手聳聳肩，露出無敵的笑容。

二哥昌親看著驚訝到說不出話來的小弟，覺得實在有點可憐，就幫他說話。

『大哥，把他整得太慘，很多人會罵你哦！』

『哼！只到這種程度還不至於遭天譴。』

成親沒好氣地回應，又轉向彰子說：

『對不起，小姐，我們並不是排斥妳，請不要介意。』

『她整個人都縮成一團啦！被大嫂知道一定會罵你。』

『只要你們不講，她就不會知道，不准跟她說。』

『是、是，知道啦！』昌親敷衍地笑著，舉起手來招呼昌浩：『不要站在那裡，過來這邊坐。』

『哦，哦……』

昌浩動作僵硬地在昌親旁邊坐下來，彰子坐在昌親的另一邊。

看到昌浩回來，彰子似乎安下了心，悄悄吐了口氣。即使對方是昌浩的兄弟，與第一次見面的兩個男人同處一室還是很緊張。

『哥哥，你們不會對彰……對這位小姐說了什麼吧？』

是隱形的神將回答了昌浩的憂慮。

《沒有，成親大人和昌親大人的語氣、態度都很恭敬，處處為她設想。》

風微微吹起，兩個影子在彰子背後現身。

是神將天一和戀人朱雀。比天一高的朱雀，像是在品頭論足一樣俯視比自己嬌小的這幾個人類青年。

『有我跟天貴跟著她，你不用擔心。只要對小姐無禮，就算是成親和昌親，我也會把他們踢飛到院子角落。』

『你那麼做，露樹夫人會難過。』天一說。

『如果會讓妳露出這樣的表情，我就不那麼做了。』

朱雀這句話還是一樣以天一為思考準則，成親和昌親露出複雜的表情互望了一眼。

會難過的只有母親嗎？撇開祖父不談，他們希望父親也會替他們難過。

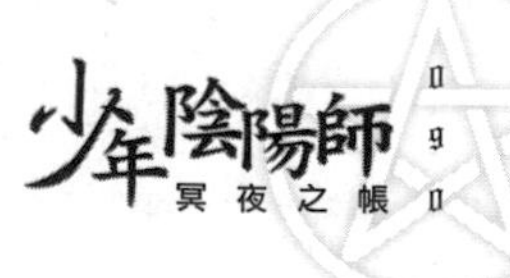

天一在彰子旁邊坐下來，笑得像花般燦爛。

『小姐，我們回房去吧？昌浩已經回來了，有他陪成親他們就可以了。』

彰子不安地看看天一，再看看朱雀，徵求他們的意見，兩人都輕輕點了點頭，催促她離開。

她又以請示的眼神看著成親他們，兩人也都回給了她溫和的表情。

她鬆口氣站起來，輕輕呼喚昌浩：

『呃……』

『嗯？』

她只對眨著眼的昌浩說了一句：

『剛回來很累吧？』

昌浩愣了一下，但很快就苦笑點著頭說：

『嗯，對不起，這麼晚才回來。』

彰子微笑搖搖頭，對成親兩人一鞠躬，快步離開了房間，天一和朱雀也跟在她後面。最近，他們兩人經常陪在彰子身旁。

送走他們後，隱形的玄武現身，拉開木門，偏過頭看著所有人。

外表像個孩子的他，一本正經地說：

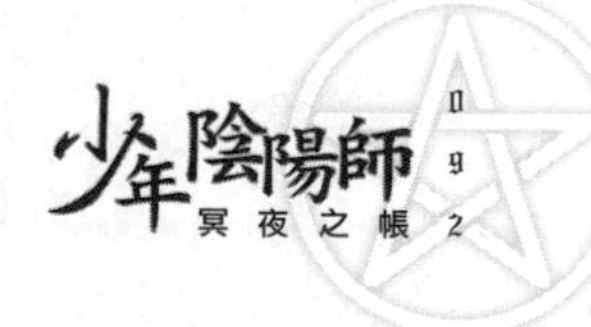

『成親、昌親兄弟，以後請不要突然來訪，起碼先寫封信或派人來通知一聲，否則可能會進不了安倍家。』

以嚴肅、高亢的聲音提出警告後，玄武就無聲地拉上了木門。

燈台的燈火嗞嗞燃燒著。

昌浩鬆口氣，垂下肩膀。

『說真的，到底是什麼風把你們吹來的？既然要一起來，白天先跟我說一聲嘛！』

被昌浩一瞪，大哥裝瘋賣傻地說：

『我要回家時正好遇見他，就一起回來探望祖父，順便討父親歡心囉！』

『少來了，你分明是先回家拿大嫂準備好的東西才來的，顯然是從早上就開始計畫了。』

真相被冷靜地揭發，成親瞬間有點難堪，但是很快就振作起來了。

『總之，這是我太座給的，你收下吧！』

太座就是老婆，成親在任何人面前都不會提起老婆的名字，所以昌浩他們到現在都還不知道大嫂的名字。

昌浩收下成親塞給他的布包，好奇地問：

『這是什麼？』

『她還是姑娘時穿的衣服，保存得很好。』

正要打開布包的昌浩停下手，滿臉無奈地說：

『你對大嫂說了什麼？』

『嗯？沒說什麼啊！我只說昌浩的老婆住進了安倍家，她就說這是喜事，要我拿衣服來當作私下賀禮。你還沒有完全長大成人，也還沒有正式舉行婚禮，所以最好謹慎一點。放心吧！等事情敲定後，會替你舉辦盛大的婚禮。』

根據昌浩的觀察，說『姑娘時穿的衣服』只是為了減輕彰子的心理負擔，一看就知道都是還沒穿過的新衣服。

昌浩像吃了黃連般滿臉苦澀地試著反擊哥哥。

『呃，有件事，我一直想跟你說。』

『哦？真巧，我也有件事一直想跟你說呢！』

相差十四歲的哥哥開朗地笑著，一口白牙在燈台的火光中看起來特別明亮。

『什麼事？』

昌浩有不祥的預感，但是，尊敬長輩的意識已經根深柢固的他還是讓哥哥先說。隔岸觀火的昌親，這種時候絕對不會介入。

成親爽快地說：

『剛才那位小姐的左手上戴著你在出雲買的瑪瑙，看起來很珍惜呢！太好了，她那麼喜歡，你挑選時煩惱那麼久也值得了。』

先攻的成親發揮超乎想像的破壞力，竟然使用攻擊弱點這一招。

『唔……！』

『再順便告訴你，那顆玉石除了驅魔辟邪外，也可以用來祈禱夫妻和樂。』

『唔……！』

『你不太會說話又晚熟、遲鈍，能用瑪瑙來表達你的心意，是很漂亮的手法呢！佩服、佩服，不愧是我弟弟。』

成親滔滔不絕地攻擊要害毫不留情，效果超群絕倫。

雖然已經作好心理準備，遭到連續攻擊的昌浩還是徹底潰敗，被炸沉了。

袖手旁觀的昌親嘆口氣，喃喃說著：

『昌浩，你真笨，大哥真要跟你鬥，你哪鬥得過他啊……』

昌浩只能趴在布包上顫抖著肩膀，成親低頭看著這樣的他，滿足地笑了。

6

成親他們又待了半個時辰就走了，這時候吉昌剛好從陰陽寮回來，他對幾個月不見的長子說了幾句抱怨和慰勞的話。

三兄弟很久沒有聚在一起了，露樹非常開心。雖然來的時間不長，但也見到了晴明，看到他的精神比想像中好，他們就放心了。

送他們到門口的昌浩顯得煩惱不已，對腳邊的小怪說：

『不知不覺中，事情好像被傳得亂七八糟……』

『嗯，依我看……』小怪搔搔脖子，望著遠方說：『他們八成是想讓生米煮成熟飯。』

『你說什麼？』

『沒、沒什麼。好了，彰子，妳也快進屋裡去。』

小怪甩甩尾巴，回頭對在他們背後送客的彰子說。

彰子的存在愈來愈擴大，不可能把她永遠藏起來，所以這是遲早會發生的事，只是事情的發展完全不在預料中。成親的煽動也是原因之一，萬一傳入左大臣耳裡就不好了。

左大臣不會讓這件事鬧上檯面，但是，就怕被冠上其他莫須有的罪名。

『不管昌浩是不是沒自覺、無意識，既然他會說出「還沒有確認過她本人的意思」這種話，就得好好想辦法解決這件事。』

小怪不是成親，但它也擔心昌浩太晚熟、太遲鈍、太不會說話，丟下他不管的話，就算原本能解決的事也解決不了。

昌浩卻把旁觀者的憂慮拋到腦後，看著彰子說：

『妳今天做了什麼？』

『我跟天一、玄武去了市場，因為最近一直下雨都不能去……那裡充滿了活力，很好玩。』

『是嗎？』

看到彰子開心地笑著，昌浩也開心地點著頭。

然後，他突然想起——躺在土御門府的中宮，有沒有過這麼燦爛的笑容呢？

昌浩是下層人員，安倍家的身分地位也不高，無法想像上流貴族、殿上人的生活是怎麼樣。

眼前的彰子是來自上流貴族頂端的小姐，但是以常識來分析，她的某些部分算是打破了既有形象。

在命運之星產生交集之前，與彰子長得一模一樣的少女過著怎麼樣的生活呢？

『彰子，關於中宮的事，妳知道什麼嗎？』

突如其來的話，讓彰子驚訝地瞇起了眼睛。

『她怎麼了？聽說她病得不輕，是不是還不見好轉？』

『啊，不是那樣……唔！』

昌浩說到一半突然往後看。

『怎麼了？』小怪問。

昌浩支支吾吾，仔細觀察著周遭。好像有股視線，是自己多心了嗎？

小怪發現昌浩的樣子不對，也提高了警覺。隨時都有可能發生事情，雖然安倍家有強韌的結界守護，但是佈設結界的晴明力量愈來愈薄弱，最好還是小心一點。

可能是這塊土地也隱藏著什麼秘密，以晴明一個人的力量來說，環繞安倍家的結界堅固得出人意料之外。像擁有貴船祭神那麼強大的神通力量還進得來，除此之外的異形或妖怪絕對不可能闖入，除非取得家人的特別允許。

『昌浩，怎麼了？』

彰子不安地問，昌浩強裝出讓她安心的笑容說：

『沒什麼，進屋裡再繼續聊吧！晚風吹多了對身體不好。』

昌浩不經意地移動視線，看到彰子手上的確如成親所說戴著瑪瑙。他從來沒有特別

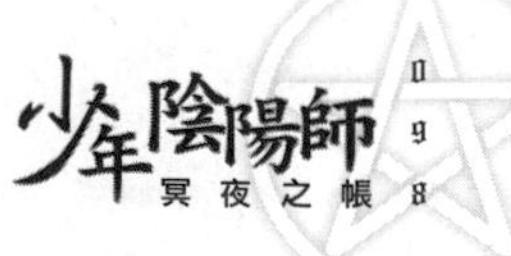

去注意，所以沒發現。

啊，真的呢！

他在心中嘟囔著，有種無法形容的羞怯感。他不知道那顆玉石代表什麼意義，所以沒想到會因此被調侃，帶給他很大的衝擊。

但是，喜悅的心情又超越了難為情，他真的很高興彰子喜歡那個禮物。

看著彰子的側面，昌浩想著種種事情。

他給過彰子許多承諾，有很多沒有兌現，也有些兌現了。現在他才知道自己不是萬能，要實現諾言是很困難的事。

只見過一次面的中宮章子為什麼想見自己？他不知道原因。

但是彰子說過，希望他能保護章子。

既然她這麼希望，昌浩無論如何都不能讓章子落入敵人的魔掌。

而且他也擔心怪和尚丞按說的話。

——我的目標是那個女孩，企圖是終結那一族。

那個女孩指的是章子吧？那麼，『那一族』就是……

昌浩的眼神變得有些嚴厲，他懊惱自己不知道的事太多，老是被敵人搶先一步。

抬頭看著他的小怪，突然停下腳步往後看。

京裡的街道一片漆黑，其中某處確實潛藏著那個和尚與異形。
而且，還證實了一件事，那就是丞按的力量不算什麼，天狐凌壽的力量卻超越了他們幾個神將的感受力。每次都是流著眷族之血的昌浩先察覺，要到很靠近了，他們的直覺才會響起警鐘。是很難應付的對手。
它嘆口氣再轉向屋子時，看到勾陣站在彰子和昌浩已經進入的木拉門旁。
勾陣低頭看著登登走過來的小怪，用冷靜到不自然的聲音說：
『傍晚時，晴明說了一句話。』
『什麼話？』
勾陣直視著抬頭仰望的夕陽色眼眸，小怪很確定自己看到她黑亮的雙眼搖曳了一下。
但是，那樣的搖曳瞬間就消失了，眼眸又恢復向來的平靜無波。
『他說今後要我們保護安倍昌浩，而非安倍晴明。』
這句話只意味著一件事。光這句話，他們就知道該怎麼做了。
小怪努力壓抑心中波濤洶湧的情感，勉強給了她短短的回應。
『這樣啊……』
勾陣沉默地點點頭，單腳跪下來配合小怪的視線高度，垂下了眼睛。

『命運可以改變嗎？』

她難得顫動的聲音充滿了抑鬱。小怪搖了搖頭。

不知道。十二神將不是萬能，更別說是理解連天津神也不理解的星宿。

但是，無論如何都不能放棄。

小怪——紅蓮知道有所謂的奇蹟。

那個奇蹟使一個普通孩子——真的是一個脆弱無力的普通孩子，靠著驚人的強烈意志與真誠，改變了神將騰蛇的本性，還扭曲了不能變動的星宿，把應該超脫俗世的神也捲了進來。

紅蓮知道有所謂的奇蹟，他親身經歷過。

『如果高龗神的話可信，只要未成形的星宿成形了，就能突破困境。』

而奇蹟的關鍵，就是那個光輝燦爛的生命。

從遙遠的虛空，飄落一根黑色絲線。

接到絲線的凌壽感嘆地嘟囔著：

『簡直長得一模一樣嘛！』

他讓自己的頭髮隨風飄去，透過注入的法力偵查安倍家的狀況。

注入頭髮的法力很弱，不必擔心會被發現。若是晶霞可能會發現，血太薄弱的眷族就不可能了。

圍繞著安倍家的結界，恐怕連凌壽都很難破除。

安倍晴明總是待在結界裡，而晶霞只有在誘出血還算濃的晴明時才會出現。他知道晶霞就躲在這附近，只是徹底隱藏了氣息，所以他感覺不到。

凌壽撥開散落額前的頭髮，不甘心地吊起眼角，灰色的眼睛冷若冰霜。

『丞按也很囉唆……辦完事後就殺了他。』

這麼喃喃自語後，凌壽突然冷笑起來。

他想到了好主意。

『晶霞啊、晶霞，現在妳儘管躲藏吧……』

妳太仁慈了，所以為了仁慈的妳，我也採取仁慈的手段吧！

如果是眷族的危機，妳就非出來不可。

『那兩個女孩是最好的材料。』

咯咯竊笑著、轉身正要離去的凌壽，突然停下腳步。

有兩隻小妖悠閒地躺在柳枝上睡覺。

看到完全沒察覺天狐氣息，睡得正安穩的小妖，凌壽瞇起了眼睛。

『……嗯？』

屍蠟般的唇醜陋地扭曲成微笑的形狀。

回到昌浩的房間後，兩人頓時鬆了口氣。

『我本來以為他們是昌浩的哥哥，應該沒什麼關係……結果不行，突然見到他們還是會緊張。』

『當然啦！妳是深閨的千金小姐，沒遇過那種年紀的男性吧？』

彰子點點頭。『說得也是。』

『貴族家的千金小姐都是這樣嗎？如果中宮也是，為什麼找我去呢？』

昌浩更無法理解了。彰子聽到昌浩的喃喃自語，訝異地問：

『她找你去？怎麼回事？』

『聽說她指名要見我，可是我只見過她一次，她怎麼會知道我？真奇怪。』

昌浩簡單扼要地告訴她前幾天土御門府被施了法術的事。

彰子聽到他遍體鱗傷還強撐著身體破解咒術，臉色逐漸變得蒼白。

『你太逞強了……』

昌浩慌忙搖搖手，對張口結舌的彰子說：

『沒事啦！有小怪和六合跟著我，而且，我答應過妳啊！』

彰子訝異地看著他。他若無其事地說：

『我答應過妳要保護中宮。』

昌浩對瞪大了眼睛的彰子笑笑，敲敲她的額頭說：

『不用擔心，有他們跟著我。』

『可是……』

說到一半，彰子就低下了頭，失去血色的唇顫抖著。

自己每次都是這樣，讓昌浩背負起重擔。而逼他那麼做的自己卻總是待在結界裡受到保護，什麼都不用做也不會做，只能等著他回來。

烙印在右手手背上的可怕傷痕，永遠不會消失。回想起來，自從留下這個傷疤後，自己的命運就產生了極大的變化。如果沒發生什麼事，她應該會入宮，生下皇上的孩子，活得像沒有自我意識的道具。

現在的自己，不是生活需要他人照料的深閨千金小姐。

『……我……老是依賴你……』

彰子消沉地吐出這些話，昌浩驚慌失措地說：

『妳怎麼這麼說呢？沒這回事，妳也常常救我啊！』

『……有……嗎？』

面對支支吾吾的彰子，昌浩拚命尋找可以對她說的話，但是，愈緊張愈想不到該說什麼。如果是哥哥們，這種時候一定可以毫不費力地打開僵局，自己真的很不會說話。

高亢、悠哉的聲音打破了沉重低垂的陰鬱空氣。

『不好意思，打攪你們了。』

小怪登登走過來，擠進兩人之間，把下巴指向木拉門說：

『昌浩，晴明找你，你快去。』

『咦？可是……』

『不要讓他等太久。』

再次催促他的是站在木拉門旁的勾陣，昌浩不情願地站起來說：

『我失陪一下。』

『嗯。』

看著昌浩快步離去，彰子意氣消沉地低下頭來。

她是真心希望昌浩保護中宮。因為她的關係，改變了中宮的命運，中宮入宮成了她的替身。她懷疑中宮的病遲遲不見好轉，很可能是因為精神上的壓力。

如果昌浩真能見到她從未謀面的同父異母姊妹，她希望昌浩能代替什麼都不能做的

她，溫柔地對待這個姊妹。

她緊緊抿著嘴，在心底這麼想。

祖父的房裡除了燈台的燈火外，還閃耀著搖擺不定的灰藍色光芒。

『哇！』

水將天后端坐在橫躺的晴明身旁，在胸前舉起的兩手之間有面水鏡，就是那面鏡子綻放出來的灰藍色光芒充滿了室內。

燈台的燈火是橙色，與灰藍色光芒是兩種極端的色感，卻巧妙地融合在一起，沒有一點突兀感。

聽到昌浩的聲音，天后張開眼睛轉向他。看起來跟勾陣差不多年紀的她，不悅地皺起眉頭瞥了昌浩一眼，就轉移了視線。

動動舉起的手，水鏡就煙消雲散了。她雙手著地叩頭行禮，就那樣消失不見了。

在角落待命的朱雀和天一，別有含意地注視著昌浩。

『咦……？我妨礙到你們了嗎？』

回答他的是躺在床上的祖父。

『沒有，事情已經辦完了，你進來吧！』

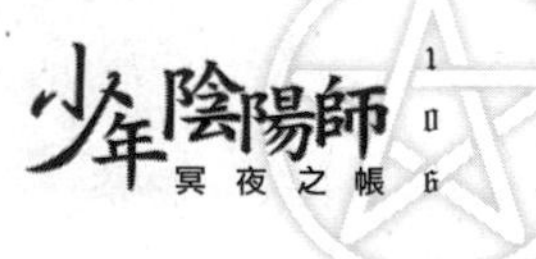

晴明向站在木拉門旁的昌浩招手，使把勁坐起來。坐在附近的玄武趕緊把憑几拉過來，晴明靠著憑几費力地喘著氣。

『爺爺，你最好還是躺著。』

『真是的，你們全把我當成病人看。』

晴明皺起眉大發牢騷。朱雀毫不客氣地對他說：

『不喜歡我們叫你病人，那就叫你重病號吧？』

那是更令人厭惡的稱呼。

晴明乾咳幾聲，改變話題。

『昌浩，你回家途中發生的事，六合全告訴我了。先不談這件事，聽說你明天要去土御門府？』

昌浩這才想起，回家後就被哥哥們纏住，還來不及向祖父報告。六合雖然沉默寡言，但該做的事都會替他做好，讓他很感動。

『嗯，聽說是中宮想見我。啊！對了，上次提到的那個對土御門府施咒術的怪和尚，好像是叫丞按，爺爺知道什麼嗎？』

據他推測，丞按的年紀大約在三十五歲到四十五歲之間。所以他想比一般人多活了一倍的晴明，說不定會有什麼線索。

晴明在記憶中搜索，但沒找到這個名字。

『沒聽過……除此之外呢？』

之前，晴明和昌浩就認為對土御門府施咒術的丞按，最終目標十之八九是中宮章子，現在丞按親口證實了。

那個和尚說他的目標是女孩，企圖是終結一族。

昌浩思考著說：

『一族……是指藤原氏族嗎？』

『藤原氏族很多，由他覬覦的目標是中宮來判斷，他所說的藤原很可能是……』

沒錯，就是跟藤原道長血脈相連的人。

昌浩深深嘆口氣說：

『還是跟政治上的各種陰謀有關嗎？左大臣大人是不是跟很多人結下了深仇大恨？』

聽到昌浩話中充滿嫌惡，晴明微微苦笑說：

『有時一番好意也會遭忌恨，所以不能一概而論。他是累積了很多運勢，才能爬到現在的地位，而運氣也是一種實力。』

在靠近中樞的地方看著政治的歲月，遠比昌浩的年紀更長的晴明，話中帶著不可思

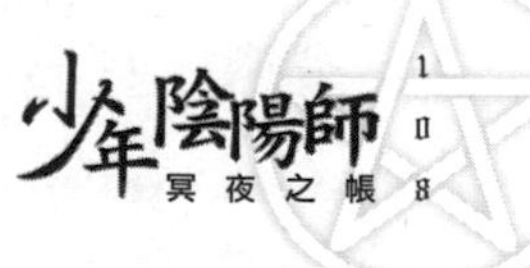

議的沉重。

祖父知道自己所不知道的事，所以絕不能忘了祖父所說的這些話。

無意識地這麼思考著的昌浩，赫然想到現在會這麼想，是不是已經暗示著不久後的某種未來？

晴明發現昌浩緊握在膝上的拳頭逐漸發白，擔心地問：

『你怎麼了？臉色不太好哦！』

『沒、沒什麼……對了，明天我去土御門府該怎麼做呢？』

昌浩滿臉認真。晴明張大了眼睛。

玄武默默地將晴明差點滑落的外衣拉到肩上，端坐的天一和盤腿而坐的朱雀也都不發一語。

不是不說話，是不知如何回答，寧可選擇沉默。

晴明在喉嚨裡嗯哼嘟囔了一下，邊整理思緒邊斷斷續續地回答：

『這個嘛……首先……』

視線在天花板徘徊的晴明環抱雙臂。

『要合乎規範，不要讓隨侍的侍女起疑心。』

『是。』

『要讓行成大人覺得你是在跟認識的人說話，但又不會太親密。』

『是。』

『還有，她的心情可能不太好，給她打打氣吧！』

『說得也是……那麼，要不要送她禮物，讓她開心？』

表情嚴肅頻頻點頭的昌浩想得很單純，說出來的話也很單純，晴明卻慌張地打斷了他。

『慢著，你以為對方是誰？』

『咦？就是土御門府的中宮啊！』

中宮是當今皇上的妃子，說得簡單一點就是妻子。隨便送禮物給這樣的人，若因對皇上大不敬的罪名而被處刑也無話可說。

昌浩搔搔頭。

真糟糕，差點忘了對方的身分。

對昌浩來說，中宮章子是彰子的同父異母姊妹，就只是代替彰子入宮的千金小姐，這樣的認知太過強烈了。因為隨時都可能被誰聽到，他才稱她為中宮，感覺上就只是個比自己小一歲的千金小姐。

好險、好險，這個孫子有時候會異想天開。

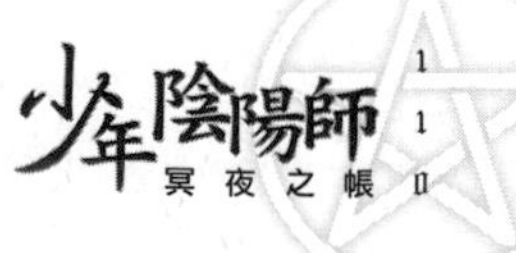

晴明真的大大鬆了口氣。

就在他搖頭嘆氣時，突然想起剛才來探望他的成親所說的話。

『褪色的花，依然是藤之花，我想乾脆製造生米煮成熟飯的既成事實。那小子說話經常一針見血，在這方面卻很遲鈍。一目了然的事，就只有他本人完全沒有自覺。』

現在還好，將來令人擔憂。眉頭深鎖說著這些話的成親，不到二十歲時就有人來提親事，他是排除種種障礙才完成了婚事。他說昌浩的狀況比當時的自己嚴苛許多，所以打算從現在開始佈局。

默默聽著成親說話的昌親，似乎也是同樣的想法。

『嗯，怎麼辦……我該跟她說什麼呢？』

晴明平靜地看著在他眼前煩惱不已的小孫子。

沒關係，有太多、太多人關心這孩子了。自己不在人世後，他的心應該也不會扭曲變形。不過，他是個重感情的孩子，到時候應該會很悲傷吧！

這樣也不是、那樣也不是，在嘴裡嘀嘀咕咕的昌浩察覺祖父的視線，皺起了眉頭。

『怎麼了？』

『沒什麼。』

昌浩眉間的皺紋更深了，晴明眼角的皺紋也隨著加深。

『到底怎麼了嘛？』

『沒、沒，沒什麼，我只是……』

晴明伸出骨瘦如柴的手，在孫子額頭上輕輕彈了一下。按著額頭低聲呻吟的昌浩，無言地以抗議的眼神看著祖父。

晴明疼惜地笑了起來。

『我只是想……你真的長大了呢！』

過了半夜，小怪突然醒來。

旁邊的被褥上不見人影。

木拉門微微敞開，吹進了夜風。

小怪無聲地走到木拉門旁，看到昌浩伸直雙腳坐在外廊上的背影。

登登走近，發現昌浩下垂的肩膀顫抖著。

在他旁邊坐下來，斜斜往上看的小怪眨了眨眼睛。

原本以為他在哭，結果猜錯了。

『對不起，吵醒你了嗎？』

昌浩沉著地詢問，小怪搖搖頭，昌浩才安心地揚起嘴角笑了笑。

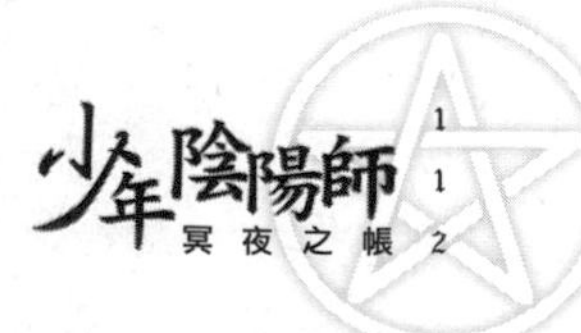

他拍拍坐著的小怪背部，垂下了眼睛，沒有綁起來的頭髮垂落肩頭，遮住了他的臉。

『……我看不見。』

『?!』

出乎意料的告白讓小怪倒抽一口氣，心想：不會吧？

聽到下一句話，小怪才安下心來。

『我怎麼樣都看不見星宿。』

看到小怪呼地吁了口氣，昌浩吞吞吐吐地接著說：

『高淤神說只要未成形的星宿成形，就可以……但我占卜了好幾次，還是連那是誰的星宿都不知道。』

是不是晴明才看得出來呢？可是陰陽師不能占卜自己的命運，這件事關係到晴明本身的命運，所以恐怕沒辦法從式盤算出結果。

『必須由我來做，但是我怎麼樣都做不來……』

小怪決定不去看沉默下來的昌浩。

他一定是不想讓人看到他這個樣子，才會小心地不吵醒小怪，悄悄走出房間，一個人坐在外廊想事情。

種種狀況像複雜的繩子般纏繞糾結。

天狐之血、晶霞與淩壽之間的紛爭、晴明的天命與昌浩的懊惱、怪和尚覬覦的目標、中宮章子的思緒。

要把這些事統統解決，是否有可能呢？

小怪和神將都很無情，所以只想解決其中一件事，完全不在乎其他事會演變成怎麼樣。問題是，這件事恐怕會牽扯到所有的事。

昌浩曾一次又一次地說──

還太早，我要您活下來，我都還沒有報答您呢！

十二神將也是一樣。

不過，晴明本人卻笑著說：

『說得也是……可是我的願望幾乎都實現了，沒什麼好眷戀的了。』

除了一個無法實現的願望之外，全都實現了。

小怪不知道那是什麼願望，十二神將中究竟有沒有人知道呢？天空說不定會知道，可是問他他也不會說。

在外廊吹了一陣子夜風後，小怪用長長的尾巴拍拍昌浩的手說：

『夏天吹多了夜風也不好。』

『嗯……』

『手愈來愈冷，明天……啊！已經是今天了，今天下班後還要去土御門府見中宮呢！睡眠不足的樣子去見她會遺臭萬年哦！』

聽到小怪的一長串話，昌浩低著頭笑了出來，小怪假裝沒看到。

『而且對方是藤原道長的女兒、彰子的姊妹，絕對不能失禮，所以你必須培養體力。』

『嗯……』

昌浩伸長了手一把抱住小怪，把額頭抵在白色背部上，像說給自己聽般喃喃低語：

『嗯、嗯，放心吧！我知道。』

『那就快躺回床上啊！還有，最糟的是……你臉色不好看的話，彰子會擔心哦！』

小怪說得很曖昧，狡黠地笑了起來。

昌浩聳聳肩，抬起頭，帶著苦笑說：

『真是鬥不過你。』

『當然啦！連成親都鬥不過我，你怎麼可能鬥得過我？再等一千零一十四年吧！』

哇，太長啦！

昌浩哭笑不得地嘀咕著，抱著小怪站起來。

7

五月底沒有重要活動，所以昌浩現在的工作量比較可以在下班前完成。

抄寫曆表是他每個月月底的例行工作，正在磨墨的他看著全新的紙張，突然想起一件事。

他借用了一張，切成小正方形，開始沙沙地摺起紙來。

坐在他膝上的小怪，把身體探到矮桌上，看著他的手。

『你不工作，在做什麼？』

『嗯，做點準備，我怕帶去的東西太誇張會引人猜疑。』

昌浩邊說邊以生疏的動作摺出來的東西，是一個不起眼的紙盒子。為了怕壓壞，還小心地摺疊起來收進懷裡。

經過兩個月左右的空白期，原本變得比較好看的昌浩的字又回到以前的程度了。好不容易才有點進步呢！他又難過又懊惱。

『虧我那麼努力。』

『今後愈寫愈好就行啦！』

這樣的安慰也沒辦法讓他的心情好起來。

還有另一個理由令他沮喪。他跟哥哥成親回京後，就有一封信送到了安倍家。寫信人是成親的次子，用才剛學會的歪七扭八的字寫著『來玩哦』！

去出雲前，成親也跟他說過，家裡的小朋友正等著他去玩。

既然父親回來了，昌浩一定也回來了，卻遲遲不見他來，所以小朋友們就寫信來催了。

昌浩看得笑不攏嘴，也在他旁邊開心看著的彰子說：

『昌浩，你不回信的話，小公子會難過哦！』

沒錯，第一次寫的信沒收到回信，不知道會多傷他的心呢！

可是昌浩非常不會寫信，能不寫就盡量不寫。非寫文章或詩歌不可時，只能抱頭邊呻吟邊想辦法拼湊，再加上很久很久以前曾被大書法家判定他在這方面毫無才能，所以怎麼樣也抹不去自己不擅長的想法。

他捲起練習用的紙張在房間裡翻動著，彰子攤開那張紙苦笑起來。

『她不是說很喜歡有你風格的瀟灑字跡嗎？』

小怪舉起前腳重複彰子的話，昌浩的表情卻更沉重了。

『很高興聽到彰……聽到她那麼說，可是，她的字寫得又流暢又優雅，漂亮極了，

我都不知道怎麼辦才好。』

在陰陽寮裡盡量小心不提起她名字的昌浩，把嘴巴抿成了ㄟ字形。

他覺得好無奈。

自己能為彰子做的事屈指可數，彰子為他做的事卻遠遠多於此，他愈想愈覺得自己很沒用。

小怪瞇起眼睛抿嘴一笑，對嘆口氣又繼續磨墨的昌浩說：

『信上不是說「我妹妹也在等你」嗎？你要給二公子和小千金分別寫一封信才行，要不然他們的父親會來找你。』

『沒錯，他會來找我，那幾個孩子也會。』

六歲的長子和五歲的次子，因為父母徹底教育他們『要保護兩歲的妹妹』，所以不管對方是誰，他們都會勇敢地挺身而出。聽說老大還因此勤練武藝，讓昌浩佩服得五體投地。

昌浩端正姿勢寫字，邊寫邊看曆表上的記載。

再不去，時節就要過了。從風向和浮雲來看，好天氣應該可以維持到明天。

可是……昌浩垂下眼睛，覺得很對不起彰子，現在的他實在沒有心情帶她去貴船。

如果那麼做，他會沒臉面對祖父。

晉見中宮後，就盡快趕回家吧！好好思索神明話中的意思，找出解決的辦法。

昌浩抬頭看著土御門府的大門，調整呼吸。

『回想起來……』

這是他第一次從正門進去。

更難得的是，他是搭牛車來的。

藤原行成看到昌浩從窗戶眺望土御門府的模樣，沉著地笑著說：

『我不常來這裡，不過，我可以告訴你，跟東三条府差不多大。』

『是。』

昌浩老實地點點頭，心裡偷偷說著『我早知道啦』！這種事不能告訴任何人，其實他還進去過一輩子都不可能進去的皇宮深處的皇上寢宮。又不是殿上人，竟敢做那麼大膽的事。

鑽過門進入車庫的牛車停下來了，他們等牧童把牛從車軛解下來，再踩著矮凳下牛車時，管家已經在中門恭迎他們了。

『歡迎光臨。』

行成落落大方地對鞠躬的管家點點頭，指著背後的昌浩說：

『有接到左大臣大人的通知吧？這位就是陰陽師，雖然年紀還輕，但很值得信賴。』

『是。』

應該是上面交代過直接帶他們進去，所以管家轉身就從中門往走廊走，行成和昌浩也跟在他後面。

一行人沒有繞道其他地方，直接來到了南廂房前。

管家單腳跪在外廊，對侍女說：

『中宮大人的狀況怎麼樣？』

隔了一會才傳來冷冷的回覆：

『現在狀況還不錯，正坐在廂房散心。』

『擔心她病情的左大臣大人請了陰陽師來幫她祈禱病癒，就是這位……安倍晴明大人派來的人。』

『聽說了，請往這邊走。』

侍女掀開竹簾出來，要替行成和昌浩帶路。

『啊！我在這裡等就好，以免陰陽師分散注意力。』

行成盡量說得不引人懷疑，又問管家：

『等候室在哪裡？』

『在這邊，那麼，陰陽師請跟侍女走。』

『是。』

昌浩點點頭，挺直了背。

帶路的侍女看起來成熟、穩重，應該比勾陣她們大十歲左右。不會比母親露樹大，但是沉穩度幾乎無可挑剔。

『不愧是道長選出來的人，氣質、行為舉止都是最高等級。』

坐在昌浩肩上的小怪感嘆不已。在章子以女御身分入宮時挑選的侍女，當她被冊封為中宮後還是繼續服侍她。現在中宮回娘家，應該大半都跟來土御門府了。

『人數應該是女性比較多，但還是可能有人闖入，所以晚上會有戒備的武官輪流看守。』

昌浩佩服地對眺望南側庭院的小怪說：

『你真清楚呢！小怪。』

『是啊！我說過很多次了，我活得很長，什麼都知道。』

侍女看不見小怪，所以他們說得很小聲，昌浩還把聲音壓到了最低，以免侍女起疑。

『沒有可疑的氣息。』

昌浩仔細觀察府內的情形，小怪點點頭說：

『是啊！可見後來丞按沒有再來這裡搞鬼。』

可是丞按的確說過他的目標是那個女孩——中宮章子。

絕不能掉以輕心，在沒搞清楚他的目的之前，不管怎麼戒備都嫌不夠。

侍女停下來了，昌浩與她保持兩尺距離，也停下了腳步。

『中宮大人，陰陽師來了。』

他察覺到格子門和竹簾前的中宮屏住了氣息。

稍微西斜的太陽應該比較傾向逆光。在格子門和竹簾前的她，是否看得清楚自己呢？

侍女請他在這裡等，就直直走向外廊的盡頭拐彎不見了。不久，響起開關木拉門的聲音，侍女也在竹簾前坐了下來，離中宮端坐的位置大約有兩丈遠，除非他扯開嗓門大聲說話，否則應該傳不到侍女那裡，不過最好還是小心一點。

昌浩端正坐姿，面向竹簾叩頭鞠躬。

小怪閒散地坐在他身旁。中宮沒有靈視力，所以小怪大可不必擔心，甚至無聊到想乾脆躺下來睡覺。

半晌都沒有任何反應。不時吹來的風把格子門前的竹簾往前推，更凸顯出中宮的影子，她似乎是坐在離竹簾不遠的地方。

昌浩感覺得到她的視線與氣息。因為見過與她一模一樣的臉龐，所以也可以大約想像她正以什麼樣的表情看著自己。

呃，該說些什麼呢？自己的身分比較低，先開口說話是非常失禮的行為。

這麼一想，突然勾起他的回憶。記得第一次見到彰子時，也是彰子先開口跟他說話。

那已經是一年多以前的事，昌浩懷念地笑了起來。

『你笑什麼？』

傳入耳裡的聲音柔和、充滿感情，跟他熟悉的聲音一樣。

不，他覺得還是不一樣，跟彰子的聲音的確很像，光聽聲音的確很可能認錯人，但還是別人的聲音。

不過，坐在昌浩旁邊的小怪還是把眼睛張得大大地說：

『哎呀，這樣聽幾乎一模一樣呢！』

在沒有靈視能力的中宮面前，不能跟小怪說話，所以昌浩只瞥了它一眼。小怪察覺到他的眼神，甩了一下長耳朵。

『而且連長相都一樣，命運這種東西實在太奇妙了。』

說完後，小怪突然想起自己話中的兩個字。

『命運……』

未成形的命運。

不會吧？

小怪把夕陽色的眼睛張得更大，像要穿透竹簾般注視著前方。如果對方是彰子，就會對這股視線有所反應，結果當然是沒有。

昌浩對小怪的模樣感到訝異但置之不理，小心翼翼地選擇適當的字眼說：

『您找在下來有什麼事嗎？』

『喲！會稱自己「在下」，有進步哦！』

但是，促使昌浩進步的就是那個藤原敏次，這是小怪無論如何都不能接受的事實。

『被唸過那麼多次，再笨也學會了。不過那傢伙也差不多該肯定這小子了吧！你說是不是？六合。』

隱形的六合剎那間現身，但只釋放出有靈視力才看得見的神氣。

昌浩把視線撇向他們，那個眼神彷彿在說：我正與中宮隔著格子門和竹簾進行緊張的會面，你們兩個倒是很輕鬆。

小怪皺起眉頭說：

『如果對方是彰子，我就會注意自己的言行。可是中宮看不見我啊！之前我在她面前表演特技，她什麼反應也沒有，真的很掃興。』

六合看著回想中的小怪，搖搖頭嘆口氣。

『真是的……』

他喃喃唸著，一把抓起小怪離開。

『你這樣子會影響昌浩，害他不能專心說話。』

『哇，你做什麼？快放開我！』

『那要怪他自己注意力不夠集中吧！』

不管小怪怎麼大聲咆哮，六合還是抓著它走到外廊角落，背靠著欄杆坐下來。小怪掙扎了好一會，大概是放棄了，終於安靜下來。

六合看到這樣，才把它放到地上。

重獲自由的小怪，板著臉乖乖坐在六合旁邊。

從頭看到尾的昌浩，拚命忍住不讓臉抽動起來，因為除了他以外沒有人看得見，所以他絕對不能笑。

昌浩乾咳幾聲矇混過去，乘機轉換心情。邊咳還邊在心裡咒罵：死小怪，等一下走

著瞧。

幸好這期間中宮都沒有開口說話，可能是想不到該怎麼回答昌浩吧！

大約數了五下呼吸後，才從竹簾後面傳來聲音。

『……黎明時。』

說得很抽象，但是光這樣昌浩就聽懂她的意思了。她身旁有好幾個侍女，她既不能讓她們聽出話中的意思，又必須讓昌浩聽得懂，所以這應該是她絞盡腦汁想出來的話。

昌浩直視著竹簾後面的中宮，雖然隔著格子門和竹簾看不清楚，但是可以輕易描繪出跟彰子同樣長相的少女。

『聽說您身體不適，卻那麼早起來，是不是看到了什麼呢？』

昌浩說話的語氣比平常正經很多，耗費了他不少精神。侍女們都屏氣凝神拉長了耳朵在聽，一不小心說錯了什麼就完了。

小怪與六合遠遠看著昌浩，心想事後一定會產生反作用。

『……陰陽師。』

昌浩瞇起眼睛，低下頭小聲回說：

『是的，除了皇上外，陰陽師也要保護……土御門府的小姐。』

中宮似乎倒抽了一口氣，傳來扇子掉落的卡噠聲。

『這裡的環境也許跟東三条府大不相同，不過，中宮大人的娘家是土御門府，將來應該會跟藤壺一樣成為最熟悉的地方。』

突然，竹簾被推向格子門，透過竹簾可以清楚看到少女的手的影子。

中宮章子把眼睛張到不能再大，注視著昌浩。連眨都忘了眨的眼眸強烈震盪著。

從昌浩這番話，章子確定了一件事。東三条府是彰子出生、成長的地方，中宮章子並不認識那個地方。可見昌浩知道中宮不是在東三条府出生的彰子，而是另一位小姐。

所以昌浩稱她為土御門府的小姐。不是東三条府的小姐，而是土御門府的小姐。

他以周圍的侍女絕對聽不懂，又能把意思傳達給知道真相的人的拐彎抹角說法，暗示自己知道這件事。

『唔……！』

啊！那天早上替土御門府解除異象的果然是這個少年。是他把在恐懼深淵喘息的自己從牢籠裡救了出來。

聲音哽在喉嚨裡，不強忍住，就會哭出來。

這個人是在知道她不是『彰子』而是『章子』的狀況下救了她。

入宮後，她必須活在被稱呼假名的日子裡。

在這之前堆砌起來的十二年記憶、生活方式等所有一切，都跟真正的名字一起被封

鎖了。她早有這樣的心理準備，也願意承受，可是再怎麼想得開，有時還是會心痛如絞。

大家都把她當成了『藤原家的大小姐』。沒有人會直呼她的名字，只以中宮或皇上的妃子來稱呼她。然而，當今皇上有深愛的皇后，還跟皇后生下了皇子和皇女，不曾來看過還未成熟的自己。

偶爾會來看她的父親也把她當成了彰子。當然，因為自己是替身，是以彰子的身分入了宮。如果不把她當成彰子，會引起他人的懷疑。

東三条府裡的人也都以為入宮的是彰子，沒有人知道章子的存在。

這所有現象把她推入了險境中，有時她甚至會忘了自己是誰。

『我……』

顫抖著聲音正要說什麼的章子，咬住了下唇。

這個地方有侍女在，不能把想說的話統統說出來，讓她覺得懊惱、悲傷，眼淚就快掉下來了。

坐在竹簾另一邊的陰陽師似乎感覺到了她的心情，平靜地說：

『請放心……我絕對不會違反約定。』

章子忍不住掩面而泣，纖弱的肩膀顫抖起來。

這樣的突發狀況使侍女們大驚失色。

『中宮?!』

『陰陽師，你說了什麼?!』

好幾個人影從中宮背後的屏風暗處衝出來，是中宮制止了她們。

『沒關係，我沒事，只是心情鬆懈下來就……』

緊繃的神經線斷裂，她邊不停地用華服的袖子擦拭潰決的眼淚，邊向竹簾另一邊的少年微笑。

『謝謝……歡迎你再來，昌浩。』

聽到中宮叫他的名字，他有點驚訝，但很快回過神來，趕緊回話說那是他的榮幸，再叩頭行禮。

兩人的會面就這樣落幕了。

他告訴正在等他的行成要走路回家，行成顯得有點失望，但還是爽快地答應了。搭牛車回去，他會覺得渾身不自在，還要麻煩行成繞遠路。

『如果是車之輔就不必顧慮太多了。』

昌浩快步走在土御門大路上，直直往前走到盡頭就是皇宮。他的工作都做完了，所

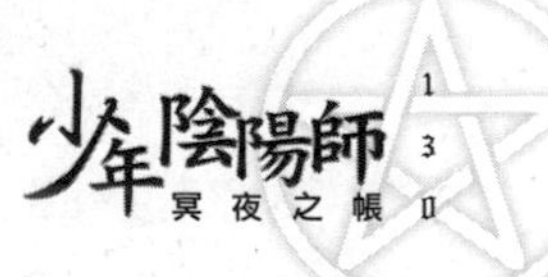

以中途轉向了安倍家。

夏至才剛過，因此太陽還高掛著。告別土御門府時詢問了時間，是申時過半。再一個時辰太陽才會下山。

他舉起手抵在額頭上仰望逐漸傾斜的太陽，不勝感慨地說：

『哇，今天的天氣真好，夕陽一定很漂亮。』

在昌浩腳邊擺出同樣姿勢的小怪，笑著回他說：

『是啊！明天的天氣應該也不錯……怎麼樣，要不要搭車之輔去貴船？現在是螢火蟲最多的時候，她會很開心哦！』

昌浩的表情變得陰沉。小怪不解地問：

『幹嘛這麼憂鬱？』

低頭看著小怪的昌浩，心情複雜地說：

『嗯……我想向神許願。』

『許願？』

小怪反問，昌浩一把抓起它放在肩上。它靈活地從昌浩背後繞到另一邊肩上，夕陽色眼睛凝視著昌浩。

就這樣，小怪默默等著昌浩回答。

『很對不起彰子，可是，我現在沒有心情那麼做。』
小怪理解了昌浩話中的意思，露出苦澀的表情。
『你說這種話，又會被晴明唸哦！』
『唸什麼？』
『笨蛋。』
——笨蛋，有空想那麼無聊的事，還不趕快跟彰子去抓螢火蟲！
彷彿聽到祖父灑脫的聲音，昌浩流露出難以形容的眼神苦笑起來。沒錯，祖父的確會那麼說，而且會瞇起佈滿皺紋的眼睛，像平常那樣邊啪噠啪噠揮動著扇子邊說。
不管任何時候，晴明都會保持那樣的態度，等著看昌浩被氣得暴跳如雷的反應，以此為樂。
晴明的一言一行在在刺激著昌浩的神經，昌浩總是氣得不知如何是好，每次都會握緊拳頭發誓，總有一天要擊敗他。
這樣的想法至今沒有改變。
昌浩邊走邊說給自己聽：
『我要擊敗他，所以……他非活著不可，我絕對不會讓他逃走。』
好認真的眼神。

小怪就近看著他，心裡這麼想。

這孩子恐怕比他們都迫切希望晴明的壽命能夠延長。

十二神將的心情也一樣，但是，不能像他這樣不顧一切地期望。人心是這麼堅強、這麼柔善，又脆弱得這麼容易受傷，會因雞毛蒜皮的小事而一蹶不振。

小怪將視線轉移到正前方。

不管在一起幾年，還是會有新的發現，人類似乎是十二神將無法完全理解的生物。連開天闢地時便已存在的貴船祭神都不禁感嘆，人類擁有無邊無際的心。

願望能否實現呢？

神會允諾十二神將的願望到什麼程度呢？

他們雖躋身神族行列，卻什麼也做不到，只能握緊拳頭，唯唯諾諾地接受神說不能改變的星宿。

人類的心是他們破繭而出的關鍵。

出生以來歷經漫長歲月，從不認為自己孤獨、將心凍結的騰蛇，就是被人類的心輕易改變了。

8

來，刻劃在你胸口吧！
你的生命是為此而延續。
來，仔細看。
這就是終身束縛你的東西。
不能忘記。
不能忘記。
我們是為此讓你存活下來。
刻劃在你胸口。
烙印在你眼底。
以憎惡、仇恨為精神糧食活下去吧！
否則，你活著毫無意義。

不能忘記。

絕對不能。

不能——

夜深了，中宮章子坐在懸掛著帳子的床上。

她想起傍晚時的事。

隔著格子門與竹簾相見的陰陽師安倍昌浩，答應會保護章子。

她呼地鬆了口氣。

最近幾天她老是作惡夢，夢見自己佇立在黑暗中，可怕的聲音在她耳邊低聲私語。

到底說了些什麼，她醒來就忘了，但是那真的很可怕、很可怕，可怕到她都不敢睡覺了。

因為努力不讓自己睡著，所以病情遲遲不見好轉。

『可是……』

她嘟囔著，穿著單衣的手臂緊緊交叉互擁。

病情一好轉，很快就會被安排回到皇宮裡的藤壺。剛落成的藤壺通風良好，採光也不錯，卻給人窒息的感覺。

章子沒有靈視能力，但是，就跟這個年紀的少女一樣，對人的情感非常敏感。

她切身感覺到，自己絕對不受歡迎，只能惶恐地忍耐著。

宮裡除了皇后外，還有好幾名女御。礙於左大臣的權勢，當今皇上已經不再去看那些女御。對服侍各個女御的侍女們來說，這是無法忍受的屈辱。

皇后定子是特別待遇。她比皇上年長，深思熟慮、謹言慎行又聰慧，深得皇上寵愛。她出家後，這分寵愛有增無減，逼得她不得不還俗，還生下了孩子。

章子從未想過自己可以贏過定子，只想著如何遵從父親的意思，代替彰子取得皇上的寵愛。

雖然她不曾見過皇上，但是父親希望她那麼做。即便是彰子本人入宮，那應該也是最重要的事。

這樣想了一會，章子突然產生了疑問。

『為什麼彰子後來不能入宮呢？』

她無意識地道出了心中的低喃。

趕緊環視周遭，被侍女們聽見就糟了。

幸好聽得到的範圍內沒有任何人。

章子鬆口氣，心想太好了，這個秘密一輩子都不能讓人知道。

『該休息了……』

正要躺下時，她忽然往後看。

『……？』好像有誰在那裡，是自己多心了嗎？

晚上有警衛輪流巡視，大概是他們吧！

只有章子一個人睡在寬大的寢殿裡，其他侍女們都在廂房休息。通常會有一個值班的侍女坐在離床不遠的地方，張大眼睛看著中宮有沒有異狀，現在可能暫時離開了。

她小心地看看四周，把手指伸入床和榻榻米之間，抽出一個白色的東西放在手上，是個沿著摺痕摺疊起來的紙盒。輕輕打開紙盒，就從裡面掉出了幾片碎片般的東西。

那是安倍昌浩離去後，留在他座位上的東西。用紙摺成的小盒子裡，裝著幾片淡紫色的花瓣。

發現的侍女半驚訝、半無奈地嘆口氣說：

『忘了也沒辦法，更何況是花瓣，風一吹就有可能被吹進來。』

不知道是什麼花的花瓣，但是，顏色是很像章子姓氏的紫藤色。

裝成被風吹進來的樣子，又很小心地不讓風吹走。

用白紙做成的樸素小盒子，摺得不是很工整。

有重摺過很多次的痕跡，可見技術相當不純熟。自己竟然可以聯想到這樣的事，章子微微笑了起來。

多久沒有這麼平靜的感覺了？

無時無刻不處於被逼迫的心境，她一直強撐著不讓自己被擊潰。

待在土御門府期間，是不是可以再見到他呢？

當章子戰戰兢兢地說想見安倍昌浩這個陰陽師時，父親顯得非常驚訝，但很快就答應了。

那個黎明時分見到的他，相貌果然跟傍晚時見到的少年吻合。

我是答應過要保護妳的陰陽師。

昌浩會履行這個諾言保護自己吧？即使她回到可怕的寢宮，他也一定會。

她拿出一片花瓣，目不轉睛地凝視著。在燈台的暖暖燈火朦朧地照射下，更凸顯出淡紫中的紅色。

『……』

燈台的火焰突然搖晃起來，發出嗞嗞聲響熄滅了，隱約冒起白煙，章子猛然回過頭看。

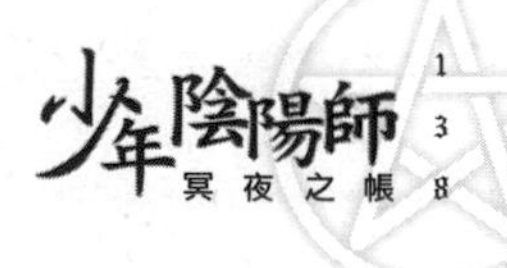

只是風吹進來而已。夏天期間，板門會換成格子門，以保通風並趕走暑氣。因為掛著竹簾，所以不必擔心被人看到屋裡的模樣。必要的話，可以在室內擺設布幔隔間架或屏風。

她的床鋪四周就以極巧妙的角度擺設了布幔隔間架和屏風，適度隔出通風走道，絕對沒有人可以偷窺。只有風能通過縫隙，沒有人可以隨意闖入。

明知不可能，卻覺得屋內有人。

她屏住了呼吸。

因為上床睡覺的緣故，她只穿著一件單衣。想把代替棉被的外衣抓過來，手指卻不聽使喚。

這時候她才發現，自己正不停地發抖。

指尖變得冰冷，紙盒從顫抖的手指滑落，幾片花瓣散落在外衣上。

有人在黑暗中。

會是侍女嗎？不，如果是侍女，會跟她說話，而且那個人沒有拿燈火。

『誰……？』

用力擠出來的聲音是嘶啞的，心臟猛烈跳動，全身都沒了血色。

懸掛在床邊三方的帳子搖曳著，正前方的帳子被掀了起來。

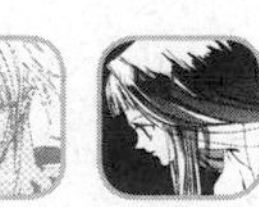

眼前只有黑暗，起碼她的眼睛只看到了黑暗。

因為她沒有靈視能力。

『嗯……完全看不到啊？難怪會害怕。』

凌壽幸災樂禍地說著，鑽過帳子滑入床鋪，再啪沙放下帳子。

眼前的少女恐懼的視線到處游移，雖然看不見，似乎還是感覺得出有東西進了帳子。

『她還是個孩子，又這麼害怕，那個丞按想對她做什麼呢？』

在心底竊笑的凌壽蹲坐在章子面前。

『是不是看不見就會怕呢？那麼，我讓妳看得見吧！』

這種事太簡單了，只要增強釋放出來的力量，讓一般人也看得見就行了。

看到少女那麼害怕，他決定表現他溫柔的一面。

打扮奇特的男人突然出現在眼前。原本什麼都沒有的地方蹲著一個放任頭髮留長的可疑長髮男人，那張白得詭異的臉正凝視著自己。

凌壽逼向害怕得張大眼睛的章子，用聽起來還算溫和的聲音說：

『我已經實現了妳的願望，可以了吧……？』

慘叫聲在黑夜裡繚繞回響著。

正要上床睡覺的昌浩感覺到異樣的妖氣，轉過身子。

還來不及思考，身體已經先動了起來，他衝出房間，光著腳跳下庭院，轉過頭看著隨後跟來的小怪。

『怎麼了？』

『有股視線……不，可能是殺氣。』

既然是十二神將沒有察覺的妖氣，那麼，十之八九是天狐。

妖氣的傾注只是眨眼工夫，現在已經消失了。

昌浩有種不祥的預感，覺得對方是在挑釁。

勾陣現身，走向看起來心浮氣躁的昌浩。

『你在急什麼？』

『不是急……只是想到一件事。』

『什麼事？』

反問的是小怪，勾陣只是以沉默催他繼續說下去。原本隱形的六合也現身了。

昌浩交互看著他們三人說：

『這純粹只是假設……真的只是假設而已……』

『別囉唆了，快說吧！』

猶豫不決的昌浩被小怪這麼插嘴督促，才支支吾吾地說出了驚人的話。

『天狐是上通天神的妖怪，我們體內流著那樣的血，正慢慢侵蝕著我們的生命。所以我在想，說不定天狐會知道如何制止血的侵蝕……』

這是出人意表的想法。

連小怪和勾陣都面面相覷說不出話來，六合乍看起來還是沒什麼反應，其實黃褐色的眼眸也動了一下。

剛才感覺到的妖氣似乎還扎刺著脖子一帶，昌浩把手按壓在那裡。

凌壽的妖力超乎尋常，應該遠遠凌駕於自己體內的血脈力量。祖父晴明體內流著比自己更濃的血，正快速地啃食著祖父的生命。

但是，昌浩想，既然天狐擁有那麼強大的力量，說不定可以反過來加以利用。

貴船的高龗神說，神不能干預晴明的天命。天狐只是近似神明，但並不是神明，不過是擁有強大通天力量的妖怪。

但他只是這麼想想而已，並沒有確實的把握，更何況天狐凌壽也不會輕易把方法告訴他。

那傢伙畢竟是連青龍都打不贏的對手。

昌浩很清楚青龍擁有多大的通天力量，但不是青龍自己說的。青龍還是不怎麼理會昌浩，連跟他出現在同一個場合都不願意，所以沒什麼機會碰面。是勾陣與六合告訴他的，當然大部分都是勾陣在說，六合只是偶爾插嘴補充幾句話而已。

昌浩的視線不斷上下移動，所以小怪聳聳肩，沒有助跑就跳上了勾陣的肩膀，以配合同袍們的視線高度，這樣昌浩會比較方便說話。

果然，昌浩的視線固定不動了。

『我聽說青龍和爺爺都差點被擊敗了，不知道紅蓮和勾陣能不能活抓他呢？』

他們兩人是十二神將中最強與第二強的兇將，其次是青龍，六合排第四。

據說，六合身上那條靈布、甲冑與胸前的鎖鏈，全都是用來彌補戰鬥時不足的神通力量。仔細看，會發現六合的裝備的確比其他神將多很多，因為光靠由左手手環變出來的長槍還是不夠。

很久以前，他曾說過自己不擅長作戰，那並不是謙虛，就他本人的感覺那的確是事實。

但是，不管排名第四或裝備極多，他還是跟其他三人一樣是鬥將的身分。跟他以下

的神將比起來，通天力量非比尋常。佩戴大刀的朱雀、能自由自在操縱龍捲風鐮刀的太陰、能分別使用波濤之戟與盾的天后、能以風刃擊敗敵人的白虎，都不及六合。

這是印象會隨判斷基準而改變的最好例子。

『目前沒有人知道凌壽的力量強大到什麼程度，不過，紅蓮和勾陣應該有辦法對付他吧？』

如果不行，晴明的天命就要結束了。

這個賭注的成功機率非常低，就算能抓到凌壽，也不保證他一定知道救晴明的方法。

儘管如此，昌浩還是不願束手待斃，眼睜睜看著時間流逝。

他問過式盤好幾次星宿的事，都得不到高淤神所說的結果。是因為星宿還未成形？還是純粹只因為自己的力量不足？在連這種事都無法判斷的狀態下，想緊緊抓住所有可能性是無可厚非的心情。

昌浩盯著神將們的眼睛，千頭萬緒地握緊了拳頭。

『不行嗎？我知道這麼做很冒險，可是，總比什麼都不做好。』

聽起來笨拙的話，更能表達他的幹勁與決心。

小怪想不出更好的辦法，微微瞇起了夕陽色的眼睛。勾陣也一樣，烏黑的雙眼流露

出種種感情。連不太表現情感的六合都顯得有些猶豫。

他們都覺得困惑，這是情有可原的事。這個辦法太驚人、太荒謬，他們不可能支持。就算辛辛苦苦抓到了天狐凌壽，事情也不見得可以如願以償。

但是，這是昌浩在極度煩惱後，幾經思考得出來的結論。他不能靠高淤神，待在通往冥府那條河川上的人也沒有那樣的力量。而不成熟、還是個菜鳥的自己，也不會使用延長祖父壽命的陰陽秘術。

他常想，如果現在的自己有晴明使用離魂術以年輕姿態出現時的力量，或許就不會這麼迷惘了。在迷宮裡漫無目標地徘徊，是否能劈開阻擋去路、遮蔽視野的漆黑帳幕呢？

已經沒有時間談假設性的事，他卻不能不想。

『只要我做得到，我願意盡全力去做。六合、勾陣，你們呢？』

小怪下定了決心，勾陣也點頭說：

『嗯，如果昌浩想那麼做，我會配合。』

『我也是。』

聽到兩人的回答，昌浩呼地吐了口氣。

他知道這是無理的要求，神將們卻還是答應了他，他真的很高興神將們對他的這番

心意。

『謝謝。』

昌浩的臉擠成了一團，勾陣敲敲他的額頭，笑著說：

『趕快去睡吧！』

『嗯，我去睡了。』

看到事情告一段落，六合就隱形了。

正當昌浩乖乖走上外廊，拍掉腳底的泥土時，耳邊飛來高亢的聲音。

『喂！』

『喂！』

『喂！』

『孫子！』

昌浩瞪大了眼睛大叫：

『不要叫我孫子！』

小怪看著大聲吼叫、氣得肩膀直發抖的昌浩，把手按在額頭上說：

『唉，剛才的誠摯表情跟附帶的感動都到哪去了……』

聽到小怪這麼說，勾陣苦笑起來，將視線轉向牆外。

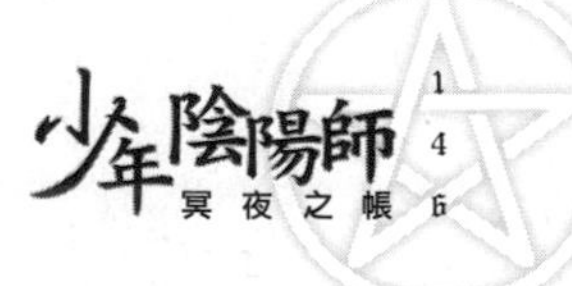

住在京城裡的小妖們在牆外邊蹦蹦彈跳，邊啪噠啪噠揮著手。

昌浩衝進自己的房間打開唐櫃，抓起藏在櫃裡用來夜巡的鞋子走出來，穿上鞋子後跑到牆邊大聲說：

『我跟你們說過很多次了，不要叫我孫子！』

想救晴明的心跟這件事毫不相干，被叫孫子還是會生氣。

『可是……』

『稱呼這種東西……』

『還是很重要啊！』

『對吧？』

小妖們你一言我一語地胡說一通，昌浩憤怒地抗議：

『名字是最短的咒語！在喊之前要想想對方的感覺，不要再叫我孫子了！』

但是，挨罵的小妖們顯得不痛不癢。

『啊！對了、對了，我也有名字。』

『是不久前小姐取的。』

『真好，真好。』

『好羨慕。』

長得像猴子的三隻角妖怪和一隻角的圓滾滾妖怪開心地笑著。

『呵呵呵，不錯吧？』

『不愧是安倍的新娘。』

被說成這樣，已經氣到最高點，轉變成無力感了。昌浩半瞇起眼睛瞪著小妖們，翻過手掌彎動食指，示意它們進來。

安倍家的結界既強韌又堅固，但是只要有家人的允許，妖怪也可以進入結界內，四隻小妖縱身跳過圍牆。

算好著陸位置的昌浩，稍微往後退了幾步。

『喲，學聰明了呢！』

坐在勾陣肩上的小怪佩服地說。

勾陣走到昌浩身旁，看一眼小妖們，疑惑地說：

『數量很少呢！』

『是啊！來太多怕會讓你們費心。』

『我們都很有修養，所以不好意思來太多人。』

『可是來的都是菁英哦！』

『因為我們是代表。』

小妖們驕傲地抬頭挺胸。昌浩額上爆出青筋，在心裡咒罵著什麼菁英嘛！

為了配合小妖們的視線高度，昌浩蹲下來不悅地說：

『到底什麼事？你們每次來都沒什麼好事，這次不會也一樣吧？』

『啊，怎麼這麼說嘛！我們是特地好心來通知你呢！還有，以後叫我猿鬼，猿鬼哦！它是獨角鬼。』

因為一隻像猴子、一隻是獨角妖怪吧？好簡單的名字，不過很適合它們。

昌浩很煩惱該不該稱讚彰子的敏感度。

他邊想著這些無聊事，邊挑起眉毛說：

『要我叫你們的名字，你們也要好好叫我的名字，這是交換條件。』

『那就算了。』

猿鬼和獨角鬼立刻撤回了前言，害昌浩差點跌倒。

還真隨意呢！名字是最短的咒語，被取了名字表示存在獲得了認可，應該是很值得高興的事，不是嗎？

『有小姐那樣叫我們就夠了。』

『沒錯沒錯，其他人不叫，小姐也一定會叫。』

看著互相點頭的兩隻小妖，昌浩突然想起了中宮章子。

這之間沒有任何關係啊！為什麼會想到她？

剛開始昌浩這麼想著，但是，不久後就知道自己為什麼想起章子了。

她這一輩子都不會再聽到有人喊她真正的名字了，不是以她的身分地位稱呼她為中宮，就是叫她的假名『彰子』，她已經沒有唯一可以確認自己存在的東西。

連京城裡的小妖都很開心有了名字、可以讓人喊它的名字。

卻沒有人會喊她的名字，連她自己都不會。

啊！原來如此，彰子可能是了解這種狀況，才會跟他說，如果見到章子請對她好一點。

感慨萬千的昌浩，被從後面戳了一下才回過神來。

他壓著後腦勺回過頭看，不知道什麼時候跳到地上的小怪直立在他後面。

『要想等一下再想，趕快問它們來做什麼。』

『啊，對哦！』

終於想起來的昌浩，面向小妖半瞇起眼睛說：

『你們來做什麼？』

猿鬼砰地擊掌。

『哦！對了、對了。』

『黃昏時有個可怕的人，出現在你今天剛去過的那棟房子附近。』

『看起來很恐怖，所以我們特地來通知你。』

『我們都很膽小，有那麼恐怖的人在，晚上就會嚇得睡不著。』

原本打算隨便聽聽就好的昌浩，在小妖說完時，表情變得嚴肅起來。

小妖們說的『可怕的人』是指什麼人？

昌浩咕嘟一聲抖抖喉嚨。

『是不是……皮膚白到沒有血色、灰色眼睛、頭髮留很長的男人？』

猿鬼用力點著頭說：

『沒錯，就是那樣的男人。』

昌浩回頭看著神將們，隱形的六合在他們旁邊現身。

『小怪、勾陣、六合！』

話還沒說完，神將們就點了點頭。

『你們快回巢穴去！』

在跟三名神將一起爬上牆壁往下跳之前，昌浩先這麼叮嚀小妖們。

『哦。』

『放心吧！』

『你去吧！』

『小心點。』

不知為什麼，小妖們啪噠啪噠揮著手，似乎打算目送他們離去。昌浩想到沒有時間看著它們離開了，顯得有點焦躁，但是最後還是丟下它們，跳下圍牆衝向了土御門大路。

聽到腳步聲逐漸遠去，小妖們才開始準備回家。

其中兩隻先奮力跳上了圍牆，本以為猿鬼和獨角鬼會隨後跟來，沒想到它們卻站在原地動也不動。

『怎麼了？』

『再不走，其他式神出來會把我們罵到臭頭哦！』

聽到同伴們這麼說，猿鬼狡黠地笑了起來。

『沒有啦！我們只是想去跟小姐打個招呼。』

『都來到這裡了，不打聲招呼就走，有違我們妖怪注重禮儀的精神。』

獨角鬼跟在猿鬼後面，兩隻一起轉身走了。

『啊！喂……』

看著大步往庭院深處走去的同伴背影，另外兩隻一頭霧水地面面相覷，然後異口同聲說：

『我也好想要有名字。』

有點羨慕，改天再拜託小姐或孫子吧！

『拜託晴明好像有點沉重。』

『沒錯，式神們也很可怕。』

他們一定會想竟敢無視他們的存在，露出充滿殺意的眼神。

猿鬼它們打完招呼應該就會回來了。

兩隻小妖從牆上跳下來，因為已經出了結界，不能再回頭了。

身影消失在黑暗中。

往庭院裡面走的猿鬼和獨角鬼，在它們鎖定的房間前停下腳步。

『喂，小姐！』

『小姐，妳醒醒啊！』

叫喚後等了一會，緊閉的木門內響起人的動靜，還有不屬於人類的氣息。

『啊！是式神。』

『……那就麻煩了……』

喃喃低語被捲入風中，無聲無息地消失了。

又等了一會，木門被卡噠拉開，穿著單衣的彰子披著外衣出來了。可能是剛才已經睡著了，揉著有點浮腫的眼睛。

『什麼事？』

是半睡半醒的聲音。

站在她後面的朱雀和天一看起來臉很臭，應該不是自己多心吧？

兩隻小妖這麼想，還是不在乎地向彰子招手說：

『過來一下。』

『做什麼？』

『來就是了。』

看它們頻頻招手，彰子覺得很困惑。但是，可能是擔心不照它們的話做就不能好好睡覺，所以走下了庭院。

猿鬼抓住彰子的手，拉著她往前走。

『這邊、這邊。』

『咦，要去哪？』

獨角鬼抓住驚慌的彰子的單衣下襬。

『去一個地方，來，大門到了。』

獨角鬼跳起來搶先一步跳到大門前，用小小的身體推開大門。

推開一個人勉強可以通過的縫隙後，獨角鬼就從那裡溜出去了。

猿鬼抓著彰子的手加快了腳步，彰子覺得不對勁，回頭往後看。

原本以為小妖們又在惡作劇的朱雀和天一，看到彰子的表情才發現出了狀況。

『彰子小姐，快回來……！』

就在天一大叫的同時，朱雀也衝了出去。

但是，猿鬼和彰子在朱雀趕到前就鑽出了門縫。

從門縫之中，可以看到一個身影站在大門外。

『唔……！』

天一發出了慘叫。

那張披散著黑髮、像屍蠟般的臉猙獰地笑著。

『小姐，不可以！』

天一不假思索便追上去，叫聲正好與朱雀的怒吼聲重疊。

『是陷阱?!』

召來大刀的朱雀推開門，跳出結界，但是已經來不及了。

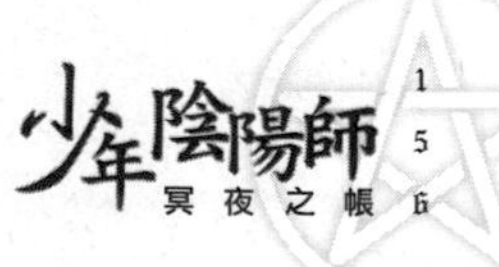

兩隻小妖和彰子都跟那個人類模樣的異形一起消失了，路上只留下彰子披在身上的外衣。

朱雀蹲下來撿起外衣，懊惱地咬住了下唇。

『太大意了！』

敵人竟然大搖大擺地把彰子從他們眼前帶走了。

天一伸出顫抖的手，抓住朱雀手上的外衣，發白的美麗臉龐因為自責扭成了一團。

『有我們陪著她，竟然還發生這種事，真是失職……！』

顏色比晴朗的冬季天空淡許多，就像結冰的湖水般的眼睛，很快就淚水迷濛了。

天一泣不成聲，朱雀摟住她無助的肩膀，閉起了眼睛。

『不要哭了……我也太大意了，妳不必自責。』

『可是……可是……』

朱雀更使勁地摟住再也說不出話來的天一，憤怒地瞪大眼睛說：

『相信我，我一定會把小姐奪回來。』

9

我有願望。

有很多已經實現的願望，還有唯一應該不會實現的願望。

沉睡中的晴明覺得有人推他，醒了過來。

張開眼睛只見黑暗，無邊無際的黑暗，沒有盡頭。

他知道這樣的黑暗。

那是小時候曾經迷失的迷途。

當時心中的第一個願望，恐怕要帶去河川另一邊的世界了。

妻子去世後，他曾經因好玩而使用法術，看能不能到達時空縫隙間的河川，但是怎麼也到不了。

他還因此自嘲：什麼曠世大陰陽師嘛！

『……』

晴明忽然皺起眉頭。環繞安倍家的結界正窸窣騷動著。

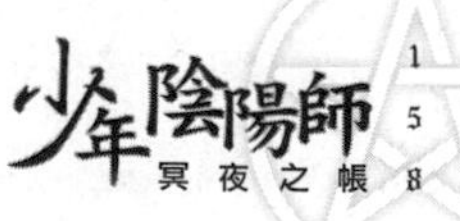

是因為自己的靈力衰退，也對結界產生了影響嗎？

安倍家坐落的場所就是在封鎖京城鬼門的方位。

結界不只是用來阻擋企圖闖入的異形，也用來封鎖這個地方。但是，別說是被指定為繼承人的昌浩，連晴明的兒子吉平、吉昌都不知道這件事。

原本打算正式交接時再說，但是，看來差不多是時候了。

『他們都會很吃驚吧！』

如果知道結界與這棟房子裡潛藏著什麼，他們一定會大驚失色。真想趕快看到他們知道時會露出怎麼樣的表情，這是所剩不多的樂趣之一。

『嗯……』

總覺得心神不寧，直覺對他發出了警告。

是不是發生了什麼事？

晴明搜尋氣息，訝異地皺起了眉頭。

他感覺不到昌浩、小怪和勾陣的氣息，八成是什麼時候溜出去了。

『難道是土御門府的中宮出事了？』

現在的昌浩最擔心的是怪和尚丞按的企圖，把摧毀那個企圖和保護中宮當成了自己的任務。

『那傢伙說也說不聽……唉！』

晴明慢慢爬起來，連要撐起上半身都很困難，自己身體的消耗程度似乎比想像中劇烈多了。

說不定會比預期的時間提早許多。

晴明這麼一想，苦笑起來。

死這種事來得很不乾脆，如果可以在瞬間結束，可能會好過一點。

啊！可是這樣的話周遭的人會來不及做好心理準備吧？面對突發的悲劇，大家一定會承受不了。

怎麼樣可以比較不傷心呢？他替被留下來的人們設想。

『不管怎麼死都一樣吧？』

失去的痛苦一定會襲向他們。談這種事，就像在比較把刀子慢慢插進去與一刀斃命，哪個比較不痛。

晴明可是兩種都不想嘗試。

『這麼要求可能有點過分，但我還是希望可以走得安詳，而且最好是瞬間結束。』

晴明的語氣還是那麼瀟灑，背地裡卻是繃緊全副精神觀察周遭狀況。

不像是有敵人來襲。如果有，反彈會更激烈，產生震撼整棟宅院的衝擊。

可是在他體內身為陰陽師的直覺，卻發出了警告。

『……玄武。』

待在異界的玄武一聽到叫喚聲便立刻趕來了。

比黑暗還要深邃的黑色眼眸看著晴明。

『你叫我嗎？晴明。』

看到他那張臉，晴明就知道出事了。

平常的他喜歡裝成熟，但是，現在以小孩子模樣出現在晴明身旁的他，卻極力掩飾臉上的表情。

『肩膀借我撐一下。』

『什麼？』

晴明扶著眉頭深鎖的玄武肩膀，搖搖晃晃地站起來，把外貌年幼的玄武嚇得臉色發白。

『晴明，你想做什麼？你必須躺著啊！』

玄武加強語氣，晴明單手制止他，披上用來代替被子的外衣後走到外廊上。

雖然是夏天，吹在身上的風還是有點冷、有點強勁。

眼前是一片淪為黑夜領域的熟悉景象，完全被黑暗的帳幕籠罩，對視線非常不利。

晴明以左手結成刀印，抵在眉肩處，嘴裡輕聲唸著咒文。那是昌浩每次夜巡時都會替自己施加的暗視術。當然是晴明傳授給昌浩的。

再張開眼睛，一切就如同白晝般清晰可見。

圍繞安倍家的圍牆，外面還有一層肉眼看不到的結界，是守護這個地方的壁壘。晴明確認過沒有任何異常，卻還是無法消除心裡的不安。

『晴明，你該回床上了，再不聽話我就要動手了。』

玄武強力抗議，晴明敲敲他的頭，把他的話當耳邊風。

『晴明！』

玄武愈來愈激烈的怒吼聲與另一個渾厚的聲音重疊了。

《晴明，請躺回床上。》

『……宵藍？』

板著臉瞇起眼睛的青龍在晴明背後現身。天后也站在他旁邊，表情緊張僵硬地注視著主人。

他們的模樣使晴明的猜疑轉為肯定。

『宵藍、玄武、天后，告訴我出了什麼事？』

飄浮在三位神將之間的空氣微微動盪起來，晴明繼續追問：

『回答我，這是命令。』

既是主人的命令，就非遵守不可。

玄武緊咬下唇，面帶難色地開口說：

『彰子小姐被天狐凌壽帶走了，朱雀和天一正在找她。』

『我們正要去跟朱雀他們會合。』

天后這麼補充，青龍焦慮地瞪著晴明。

『什麼？』

聽到意想不到的消息，晴明頓時張口結舌，青龍狠狠地瞪著他說：

『我們就要出門了，晴明，你絕對不可以亂跑，要乖乖躺在床上，不然我絕不原諒你。』

青龍低聲放話，眼神非常認真。

其他神將也用同樣的眼神看著晴明。

呆呆站立的晴明，耳邊響起天狐晶霞說的話：

想活下去的話，只能再使用一次，那是最後一次……

使用將魂魄與實體切離的離魂術會大舉削弱僅剩的生命力。而且，如果之後再使用的話……這個身體就會失去溫度，眼睛再也張不開，而靈魂也將前往人人都知道但沒去

過的河川的另一邊。

看到青龍焦慮的眼光、天后沉鬱的視線與玄武有所覺悟的眼神，晴明話到嘴邊又嚥了下去。

啊！自己實在太幸運了，有這麼多關愛自己、需要自己的人。

除此之外還需要什麼呢？

『但是，我還是非去不可。』

三人屏住了氣息。

年老體衰、連從床上爬起來都很困難的晴明，直視著三雙苛責他的眼睛。

『既然我的繼承人因為中宮外出了，那麼，救出彰子就是我的任務。』

『晴明，你在說什麼……』

立刻出聲的是玄武，他緊緊抓住年邁主人的單衣袖子，看著比自己高出許多的主人的臉。

『你仔細想想，我們的存在是為了什麼？你把你眼前這些神將當成了什麼？』

『晴明，求求你……把這件事交給我們，請好好保重你的身體。』

玄武和天后愈說愈激動，青龍只是用冰冷酷烈的眼神射穿晴明。

十二神將不能違背主人的命令，他們都很清楚，最後也只能服從晴明。

他們的話，晴明都聽到了，也聽進了心坎裡，但是聽到歸聽到，還是動搖不了他的心。

果然不出青龍所料，晴明平靜地搖搖頭說：

『你們不要阻止我，任何人都阻撓不了我晴明的意志。』

在夜風中閉著眼睛半眠的貴船祭神，慢慢張開眼睛。

『動起來了……』

化為人形的高龗神坐在位於禁區的岩石山頂，這裡禁止任何人進入。

將視線往下移的高淤神，莊嚴地開口說：

『晶霞，妳打算怎麼做？』

憑靠著岩壁的纖瘦身影做出了淡淡的回應。

已經過了滿月的月亮缺了將近一半，還在南方天際高高閃爍著。岩石的陰影向西南延伸，晶霞就站在陰影中。

『晶霞，我想問妳一件事。』

披瀉著銀白色頭髮、膚色白皙的晶霞仰望著高淤。距離這麼遠，高淤卻可以感覺到灰藍色的眼眸正直視著自己。

『凌壽那傢伙為什麼對妳窮追不捨？』

『……』

晶霞沒有回答，但是高淤絲毫不在意，又接著說：

『妳為什麼不殺了凌壽？他的神通力量再強大，以妳的力量也殺得了他吧？』

『如果凌壽不回去，九尾很可能追來這個島國。』

高淤微瞇起眼睛說：

『是有可能，但是，不只因為那樣吧？』

被說中了，晶霞沉默下來。

貴船聖域覆蓋在高龗神的強力結界下，所以凌壽無法嗅到晶霞的存在。縱使被他嗅到而闖入結界，在這個國家排名前五大的神也會使出全力討伐他。要同時對付晶霞和大神，想必凌壽也會猶豫。

凌壽企圖誘出晶霞，只要是一對一，他就能擊敗晶霞。

『他是利用安倍晴明的血誘妳出來……但是，安倍晴明天命將盡，以後他就沒有釣妳的誘餌了。』

晶霞動也不動地聽著高淤的話，過了很久才用缺乏抑揚頓挫的語調喃喃說著：

『有延長壽命的方法……』

高靇神的眼中閃過光芒，老友這句出乎意料之外的話，讓祂的聲音更增添了幾分嚴厲。

『為什麼不早說？』

既然知道方法，那個孩子就不必忍受那種椎心之痛。

面對嚴厲的詢問，晶霞撇開視線，沒有做任何回答。

焦躁的高淤又叫喚她的名字：

『晶霞。』

『方法是有，但是，不可能做得到。』

✦ ✦ ✦

冰冷的東西碰觸著臉頰。

她緩緩張開眼睛。

『……咦……？』

眼睛已經張開了，卻什麼也看不見，周遭一片漆黑。

是在作夢嗎？

她慢慢轉動脖子。

眼睛適應黑暗後，才隱約看出床邊的帳子和紙拉門的木框，她的夜間視力本來就比一般人好。

她呼地吐了口氣。

剛才那是夢，不可能會有可疑的黑影闖入床帳內，出現在自己眼前。

大概是不知不覺中睡著了，平常盤據心中的恐懼和不安使她作了那麼可怕的夢。

突然，她發現左手緊緊握著拳。

『……』

把手舉到胸前緩緩張開，就有東西輕輕飄落下來。在黑暗中看不出顏色，但她知道那是淡紫色的花瓣。

她皺起了眉頭。

這些花瓣應該是裝在紙盒裡的，她還小心地把紙盒摺起來，藏進了鋪被和榻榻米之間。是什麼時候拿出來的呢？

不，是拿出來了——在夢裡。

心跳猛然加速，撲通撲通跳動的心臟在體內震動得無法無天。呼吸也跟著急促起來，怎麼努力也壓抑不了。

臉頰碰觸到冰冷的東西，就是這個觸感喚醒了她。

她無聲地倒抽一口氣，嘎噠嘎噠發抖的身體已經不聽使喚了。

她不想看、不能看，可是、可是……

恐懼推了她一把。

她緩緩移動視線，看到某個物體蹲在她臉旁。

『……唔！』

蹲著的物體呈野獸形狀，顏色比黑暗更黑，窸窣蠕動了一下。

✦ ✦ ✦

趕往土御門府的昌浩和小怪，看到一個身影岔開雙腿站在土御門大路中央。

漆黑的長髮隨著夜風飄揚。

看著孩子逐漸逼近的灰色眼睛帶著笑，沒有血色的嘴唇笑得扭曲變形。

天狐凌壽突然舉起了右手。

對自己施加了暗視術的昌浩，發現妖怪手中握著白色的圓珠子。仔細看，白中還泛著淡淡的紅。

『我的眷族啊！我正等著你。』

昌浩和小怪在距離兩丈遠的地方停下來，等著看對方會如何出招。在他們身旁隱形的勾陣與六合也現身了。

凝視著妖怪的昌浩感覺到道反丸玉的脈動。彷彿蒙上一層霧的視野突然變得清晰，妖怪手上的珠子出現光帶般的波動。

有東西在胸口撲通撲通跳動，使體內潛藏的力量產生反應，震盪起來。

『那是什麼珠子？好像……』

斜看昌浩一眼的勾陣，左手握著筆架叉，對小怪和六合使了使眼色。夕陽色的眼睛給了回應，六合也拿起了銀色長槍。

他們要活捉天狐，問出延長壽命的方法。

不只昌浩，那也是所有十二神將們的願望。

『喲！看你們的表情好像在打什麼主意哦！不過，沒那種時間了。』

微微泛紅的珠子在他高舉的手中綻放磷光。

『因為你們得為我做一件事。』

凌壽才開口，珠子便迸射出刺眼的閃光。就在被光芒包圍的瞬間，昌浩他們受到無法形容的衝擊。

耳鳴、強大的力量往身上壓，整個世界扭曲變形，失去了平衡感。聽不到任何聲音，視野完全被黑暗吞噬了。

珠子在凌壽手中霹唏產生了裂痕，很快擴散開來，不久便崩潰瓦解，像沙子般被風吹散了。

凌壽輕巧地拍去留在手上的碎屑，不滿地說：

『啊……這是好不容易得來的珠子呢！竟然只能使用一次，真不好用。』

他從懷裡拿出成串念珠，扯下最前面一顆。從釋放出來的波動可以知道，那顆珠子的主人是個小孩子。

『是個小孩啊！我有拿過這種珠子嗎？』

已經是很久以前的事，所以記憶有點模糊了。凌壽回想了一下，眼睛頓時亮了起來。

『啊！我想起來了。剛才那顆天珠的主人，就是這顆天珠主人的母親。因為母親替兒子求饒，所以我先殺了那個孩子，再把那個母親折磨致死。』

差點忘了。所有天狐看著背叛的同胞的眼神中，都充滿了恐懼和熊熊燃燒的憤怒。每個天狐都比凌壽脆弱，所以他盡興地獵殺了同胞。

殺光大陸上的所有同胞後，他就遠渡重洋，找出銷聲匿跡躲起來的人，極盡殺戮之能事。

他邊收起念珠，邊嘔氣似的嘟起嘴說：

『沒辦法，要是我不把所有的天珠帶回去，九尾就會殺了我啊……』

我可不想死。

他哈哈大笑，一轉身便消失了蹤影，沒有留下絲毫氣息。

✦ ✦ ✦

有東西拍打著她的臉頰。

她緩緩張開眼睛，看到黑暗中飄浮著四個光點。

『小姐，妳醒了？』

『妳還好吧？沒有受傷吧？』

連眨好幾下眼睛後，她的視線茫然迷離。

『你們……』

彰子一說話，猿鬼和獨角鬼就哇地迸出淚來。

『嗚哇啊……小姐！』

『都怪我們沒用！』

『怎麼了？』

彰子靠手肘撐起身體，環視周遭。

綿延不斷的黑暗漫無止境。她的夜間視力比一般人好，但還是看不到黑暗的盡頭。

她判斷在眼睛適應黑暗之前最好不要亂動，交互看著猿鬼和獨角鬼。

意識逐漸變得清晰，她也清楚想起自己發生了什麼事。

記憶愈來愈鮮明，彰子臉上的疑惑也愈來愈深。看到彰子下意識地往後退，猿鬼和獨角鬼急得臉色大變說：

『不要誤會啊！小姐！』

『我們是被怪物控制了。』

『怪物……』

就在她喃喃低語時，背後出現了蠕動的黑影，最先發現的是獨角鬼。

『小姐，危險！』

彰子反射性地回過頭，某種東西從她耳邊掠過。

猿鬼抓住彰子的手，催促她說：

『快跑！那是野獸，連昌浩都戰得很辛苦，危險！』

彰子聽它們的話，腳步蹣跚地往前跑，單衣的白飄浮在黑暗中。在她腳邊連滾帶爬的獨角鬼大叫：

『我們被帶到怪物製造出來的空間，跑不出去啦！』

戰慄的長槍刺穿彰子的胸口，她拚命地跑，喘得像全身抽搐。

『怎麼辦……』

腦中只閃過一個身影。

彰子喘得肩膀顫抖，眼睛歪斜。

救我啊。

『昌浩……！』

沉入黑暗的意識浮上來。

昌浩緩緩張開了眼睛。

『昌浩，你沒事吧？』

眼前是把夕陽剪下來般的顏色，昌浩很快就想起那是什麼了。

『唔、嗯……這是哪裡？』

他慢慢轉動脖子，全身莫名地僵硬，還嘎吱嘎吱作響。

他記得天狐凌壽使用了什麼法術，但是，那之後的事他完全不記得了。

『其他人呢……』

『都在這裡，不用擔心。』

站在附近的勾陣沉著地微笑著，六合在稍遠的地方看著昌浩，深色靈布翻騰飄揚。

昌浩鬆了口氣，因為剛才沒看到他們，最糟的想法瞬間閃過腦海。他們是十二神將中最強的鬥將，並不需要擔心。但是，昌浩還是會不由得擔心他們，那是種無意識的行為，接近本能。

小心確認自己的身體能不能動、有沒有異狀後，昌浩鬆口氣站起來。關節還是會嘎吱作響，應該是身體被強大力量壓過的後遺症。

『這是哪裡？』

『不知道，可以確定不是人界。』

視線比昌浩高的勾陣眼觀四方，加強戒備。沒有風，也感覺不到生物的氣息。他們顯然是從土御門大路被帶到了某個地方，但不像是人界。

『我感覺到某人的意志。』

像小孩般的高亢聲音不悅地說。

白色軀體被紅色鬥氣包圍，不久後，鬥氣消失，出現了修長的身軀。

紅蓮看著比自己矮的勾陣說：

『我覺得是某人創造出來的空間，有視線不時監視著我們，你覺得呢？』

『我的感覺跟你差不多……還有無生命的妖怪蠢動著。』

勾陣的左手俐落地拔起腰間的筆架叉，昌浩和紅蓮順著她的視線望過去，看到無數影子在黑暗的盡頭蠕動著。六合沉默地進入了備戰狀態。

『那是……幻妖！』

昌浩的聲音被層層的咆哮淹沒了。

懸掛著帳子的床鋪扭曲歪斜，崩潰瓦解了。這時候她才知道，眼前所見的東西全都是假的。

看不到盡頭的天花板塗滿了比夜更深的黑色，令人窒息般的空氣就快把她壓垮了。

『唔……！』

極端的緊張與恐懼卡在喉嚨，她拚命呼吸而引發抽搐，不斷發出吹笛子般的噓噓聲。

她覺得眼底發熱，每當黑色物體在視線角落蠕動，戰慄就會貫穿全身，熱騰騰的東西從眼睛四周溢出來。

她握緊了撒落胸前的花瓣，在心中不斷呼喊著：

救我啊！救我啊！

你曾說過會救我，曾答應過會保護我啊！

所以，我相信你。只要相信你，就一定會得救。

『……昌浩！』

恐懼使身體僵硬，動彈不得，周遭又被黑色物體包圍，就算能動，她也怕會被怪物吃掉，嚇得四肢都凍結了。

鏘！

金屬相互碰撞的聲響清脆繚繞在四周。

『妳醒了啊？藤原的女兒。』

低沉沙啞的聲音扎刺著她的耳朵，她的內心不停地顫抖。

颯的一聲，周圍群聚的生物散去了。因為從頭到尾都潛藏在黑暗中，所以她還是不知道那是什麼東西。

黑影散去後，黑暗依舊是黑暗。雖然眼睛多少適應了，但還是只能感覺到聲音的主人逐漸靠近，看不出到底是什麼人。

被戰慄囚禁、不斷喘息的她，周圍突然燃起六團火焰。

綻放著陰森光芒的灰白色火焰是以同等間距設置的燈台。圍成圈圈的火焰照亮了四周。

一個戴著斗笠、身穿黑衣的男人，站在離她很近的地方。

她倒抽一口氣，男人用錫杖前端推起斗笠，露出恐怖的目光。灰白色的火焰照在他顴骨凸出的枯瘦臉龐上，製造出可怕的陰影。

微弱的慘叫從她的喉嚨溢出來，但是聲音模糊不清。

男人鄙夷地瞇起眼睛，注視著因恐懼而縮成一團的女孩。

『我不能原諒藤原的榮華富貴。』

從丞按全身冒出熱氣，比黑暗還黑的熱氣，窸窸窣窣凝聚在他頭上，變成可怕的異形模樣。

『看到了嗎？這是摧毀你們的詛咒。』

男人敲打錫杖，小金屬環搖曳晃動，發出不合宜的美妙聲音。

她看到黑色異形飄浮在錫杖上方。

看起來像是突然出現，其實是錫杖的聲音活化了她原本看不見的東西，增強了那些東西的力量，所以一般人才看得見。

她嚇得心臟幾乎停止，連眼睛都閉不起來。

異形窸窸窣窣蠕動著，好幾隻腳蜷曲扭動，身軀緩緩搖擺。

四隻發亮的眼睛盯著她，張開的血盆大口發出啪哩啪哩的聲音，張大到足以吞下一個人。

異形的身體軟綿綿地伸長，陰森的感覺纏繞全身，令她不寒而慄。

『吃了她，只要把皮留給我。』

可怕的男人低聲咒唸，黑色眼睛盈盈笑著，發出從地心竄出來般的大笑聲。

『唔……！』

怪物就近在眼前了。

『——唔！』

她驚聲尖叫。

昌浩他們邊掃蕩幻妖，邊尋找天狐。

無庸置疑，是淩壽的力量把他們三人帶到了這個空間。把他們帶來不可能毫無目的，一定有什麼企圖。

『不管他在打什麼主意，我們都要盡快找到他，回去人界……』

昌浩突然停下腳步。
紅蓮注意到他的行動，訝異地回過頭問：
『昌浩，你怎麼了？』
六合揪動靈布擊落幾隻撲向昌浩的幻妖，勾陣再揮動筆架叉劈斷它們。
被劈成兩半的幻妖，身體會再重生，數量不斷增加。
『騰蛇，乾脆燒光它們。』
可能是殺也殺不完，把勾陣惹毛了，她的眼中閃過嚴厲的光芒。
聽到她這麼說，六合回她：
『火燒起來，不等於是把我們的位置告訴對方嗎？』
『天狐本來就知道我們的位置，就是他把我們帶來的啊！』
在他們對話時，紅蓮先築起了火焰壁壘，阻止幻妖接近。沒頭沒腦地攻擊，也很難找到敵人，最好的辦法是訂定作戰策略。
『要誘出藏身的天狐，就要大張旗鼓，來個特大的篝火。』
紅蓮淒厲地笑起來，昌浩舉手勸阻他說：
『慢著……不只天狐，還有其他氣息。』
『其他氣息？』

勾陣訝異地反問，昌浩點頭回應，心的觸覺變得敏銳起來。

剛才有個東西從他的直覺掠過，造成陰影，讓他怎麼也抹不去那種帶著不安的感覺。

幻妖們在壁壘外跳來跳去，發出刺耳的咆哮聲，刺激著神將們的神經。

他們很焦急，因為時間所剩不多。如果天狐凌壽不知道方法，安倍晴明的生命就會結束，他們也會失去第一個主人。

與神將相比，人類的生命短得可怕。但是，晴明的天命還不到盡頭，應該還有做好種種準備的時間。

說不定，十二神將的心比人類脆弱多了。

昌浩認真地打出刀印，調整呼吸，閉上眼睛。

『諾啵阿啦坦那塔啦耶亞沙拉巴啦塔沙塔南……』

有聲音。誰的聲音？他的耳朵和直覺從剛才就不時感應到悲慘的叫聲。

他閉著眼睛擴大意識，把心送到『眼睛』看不見的地方，尋找來歷不明的聲音。

壁壘搖晃得更厲害了。

——救救我……！

昌浩驚訝得張開眼睛。

『中宮?!』

不會吧！

昌浩抬頭看著神將們，臉色大變。

『天狐把中宮抓來這裡了……她有危險！』

三名神將也大驚失色。

『在哪?!』

紅蓮大叫，壁壘碎裂四散。正等著這一刻的幻妖們一舉撲了上來。

勾陣的筆架叉輕鬆一揮就砍斷了大張的嘴巴。幻妖們踩過被劈成兩半的同伴，前仆後繼地撲過來，又被六合的靈布彈飛出去。

昌浩趁這個時候往前衝。

『在那邊！』

神將們也跑向昌浩所指的地方。

陰陽師的直覺絕對不會錯。

既然昌浩說『中宮』在這裡，就是在這裡。

天狐跟丞按是同夥。丞按的目標是中宮，所以凌壽把中宮拐到這個空間。這樣的推測應該不會錯。

——救命、救命啊！

聽到求救的聲音，昌浩咬著牙拚命往前跑。

他答應過一定會保護她，一定會保護這個聲音的主人。

在體內搖曳的火焰似乎愈燒愈旺，昌浩緊緊揪住胸口。道反的丸玉產生脈動，將火焰的力量壓了下來。

突然，他聞到香包的柔和香味。

『彰子……？』

一種類似預感的感覺閃過胸口，但是很快就散去了。

焦躁的昌浩一心只想著非救中宮不可，硬是把微弱的預感拋到了腦後。

心跳聲在耳朵深處響起，繞巡全身的血液也發出了震耳欲聾的流竄聲。

湧上喉頭的鐵鏽味愈來愈強，但彰子還是拚命往前跑。

『小姐、小姐，加油！』

『被追上就完了，小姐！』

儘管猿鬼和獨角鬼不斷鼓勵她，沒有終點的逃亡還是使她元氣大傷。

幻妖們可能是在玩，一下拉開距離，一下縮短距離，對彰子窮追不捨。

有時大幅縮短距離，抓破彰子的衣服下襬，戲弄東倒西歪的彰子。

但是硬撐起蹣跚腳步的她，還是不放棄希望。因為如果死在這種地方，會讓所有不遺餘力為她奔波的人的苦心化為烏有。

『唔……！』

啊！而且昌浩還沒有履行對自己的承諾呢！梅雨結束後，就不是貴船螢火蟲的季節了，現在應該是最盛的時期。

自己拜託過他很多事。譬如，要他保護代替自己的人，如果見到她要對她好一點。

彰子相信他一定會做到這些事。

也不知道自己是怎麼跑的，彰子發現可怕的氣息愈來愈靠近自己。

幻妖們跳來跳去。

彰子的『眼睛』看到前方有一般人看不見的牆壁。

『那是什麼？』

猿鬼和獨角鬼沒聽到彰子的喃喃低語，像無頭蒼蠅般沒命地往前跑。

他們很快便跑到了靠近牆壁的地方，伸出來的手被堅硬的東西阻擋，再也無法前進。

『完了！』

猿鬼欲哭無淚地跳起來。獨角鬼跳到彰子的肩上，想儘可能從最高的位置看出該往哪裡逃。

喘得肩膀上下抖動的彰子卻跟兩隻小妖完全相反，定睛注視著牆壁的另一邊。

她超乎常人的力量告訴她，那裡有什麼東西。

是很可怕的東西。可能的話，她希望可以盡快離開。從牆壁另一邊傳來的氣息會使戰慄從體內深處竄上來。

把手貼在牆上注視著另一邊的彰子，看到立定不動的黑衣男子和排列在四周的燈台。燈台以同等間距擺設，很像某種陣形。

『那是……』

她曾在昌浩房裡的書籍上看過施法時用的魔法陣，似乎跟那個有點像。

彰子東張西望，發現陣形中躺著一個人。

『是小孩？』

那個人穿著白色單衣，個子嬌小，烏黑的長髮披散開來。

片刻後，彰子愕然屏住了氣息。

在魔法陣中央，嚇得毫無血色的那張臉，跟自己長得一模一樣。

『難道是……章子?!』

10

全身被戰慄的鎖鏈捆綁的章子，聽到突然傳入耳朵的聲音，訝異地環視周遭。有人呼喚她的名字，那是應該沒有人知道的她的真實名字。

全身僵硬得嘎噠作響的她，使出全力轉動脖子，看到一個身影站在燈台的燈火照不到的地方。章子倒抽一口氣。

跟自己有同一張臉的少女，正滿臉驚愕地看著這裡，嘴巴微微蠕動說著什麼。好像是被看不見的牆壁擋住了，少女做出敲打牆壁的動作後，又開口說了什麼。

從口形可以確定是在叫自己的名字，章子出神地看著她，連眼睛都忘了眨。

她是不是也被抓來了這個不知名的地方？就像自己被可怕的異形帶來這裡一樣。

就在章子的注視下，彰子突然回過頭，開始往左邊跑。她又看了章子一眼，兩人的視線暫時交會，很快又分開了。那是剎那間的邂逅。

是不是也有東西在追她呢？她看起來很驚慌，東奔西竄的樣子。

『女孩。』

章子一陣戰慄。

怪和尚正瞪著自己，眼神中明顯充滿著恨意。可是，她沒見過這個男人。打從出生以來，她從沒踏出過家門一步，就這樣成為替身入宮，現在暫時住進了土御門府。

丞按瞪大兇光閃爍的眼睛，走向驚恐蜷曲的章子。

『想不想知道妳為什麼會被抓來？』

章子搖搖頭，她不想知道這種事，只希望被平安釋放，回到土御門府。

但是丞按並不打算放過她。

『趁妳現在還有意識，就算妳不想知道，我也要告訴妳。』

飄浮在錫杖上的異形舔著嘴唇，是等著男人把心中所有的怨恨都傾吐出來後，就要撲向自己嗎？自己會被吃掉嗎？

怪和尚的話推翻了她的想法。

『妳以為我會殺妳嗎？不會，因為殺了妳就沒得玩了。』

怪和尚不但不會讓她一死百了，還會讓她陷入比死更可怕的處境。

異形扭動身軀，漸漸扭成細長形，變成蛇的樣子，接著落在地上，慢慢爬向了她。

蛇頭碰到她動彈不得的脖子，她全身僵硬叫不出聲來，蛇就在她眼前揚起脖子，伸吐著舌頭。

丞按用錫杖的前端指著心驚膽顫的章子說：

『變小了吧？這樣的大小剛好可以鑽進妳的嘴巴裡。』

他說什麼？

章子的心臟撲通撲通猛跳。

『鑽進去吃掉妳的靈魂，就可以取代妳了……不過，我會替妳留下一小片的心，讓妳清楚看到自己做的所有事，感到絕望。』

蛇的頭在章子臉上磨蹭著，章子拚命想把臉撇開，可是蛇的肢體已經牢牢盤住她的臉，她想甩也甩不開。

她的脖子被迫向後仰，嘴巴被撐開。

『不……不要……！』

淚水奪眶而出。

太可怕了，令人毛骨悚然。

完了，不會有人來救她，她再也回不去了。

『現在哭太遲了……我們一族也曾經這樣求饒過，都沒有用。』

章子淚眼汪汪地看著丞按，只覺得他燃燒著晦暗怨懟的眼睛淒厲冷酷。

『中宮，就從妳開始！』

鏘！

錫杖響起。環繞四周的幻妖突然喧騰起來。

剎那間——『嗡巴佐洛多翰巴索瓦卡！』

撕裂黑暗的銳利真言爆開來，接著是紅色鬥氣粉碎了幻妖群。

一道銀白色閃光衝過地面攻出突破口，個子嬌小的少年立刻跳到了怪和尚眼前。

『丞按！』

昌浩的怒吼與紅蓮的火焰、六合的通天力量同步發出。

更多張牙舞爪的幻妖被彈飛出去，勾陣乘機飛奔而出，揮舞筆架叉擊退了纏繞著章子的異形之蛇。

蛇發出無法形容的慘叫聲摔落下來，勾陣用通天力量掃去殘渣，再把地上的魔法陣砍得支離破碎。

魔法陣裡的法力被一舉釋放，像狂風般震天撼地。

丞按舉起手來阻擋衝擊力，忿忿地咂舌說：

『可惡的安倍之子！你怎麼會來這裡?!』

昌浩納悶地皺起眉頭，心想丞按竟然不知道他們來到這裡？

他邊結劍印邊調整呼吸，瞪著丞按說：

『我說過我會保護中宮，不會讓你得逞！』

被勾陣扶起來的章子驚訝地抬起頭來，手中還緊握著花瓣。

『……』

他真的來了，來救自己了。

如他所說，來保護自己了。

淚水從臉上滑下來。從恐懼中解脫的安全感讓她強忍住哭泣，就像一道曙光射進了她充滿漆黑絕望的心中。

『勾陣，快帶中宮離開！』

勾陣點點頭，抱起少女。

『抓緊我！』

章子依照指示，用使不上力的僵硬雙手抱住勾陣的脖子。看到眼前的耳朵是奇特的尖形，她眨了眨眼睛，這才發現所有跟隨昌浩的人，穿著打扮都很奇特。

勾陣察覺她的視線，淡淡笑著說：

『我們不是人類，是聽命於陰陽師安倍晴明和安倍昌浩的式神。』

『式神……』

她嘶啞地喃喃複誦時，耳邊響起昌浩的吶喊聲：

『南無瑪庫桑曼答波答難顯達拉庫索瓦卡！』

真言夾帶著凌厲的氣勢衝向了丞按，他以錫杖撥開，看著昌浩的眼神充滿殺意。

『我要殺了你這個怪物，讓你再也不能阻撓我！』

『住口，他不是怪物！』

紅蓮怒吼回去，滿腔怒火釋放出來的火蛇擦過丞按向前延伸，燒光了周遭愈聚愈多的所有幻妖。

昌浩體內響起搏動聲，脖子一陣扎刺感，他倒抽一口氣回過頭看，天狐凌壽就站在不遠的地方。

丞按對雙手環抱胸前隔岸觀火的天狐破口大罵：

『凌壽，你為什麼把這個怪物帶來這個地方？』

面對烈火般的憤怒，凌壽絲毫不為所動，歪著頭笑了起來。

『這地方是我做出來的，我想怎麼樣就可以怎麼樣吧？而且……』

他看了昌浩和十二神將一眼，悠哉地說：

『我的目標是晶霞，那個孩子引不出她來，所以，我放了活餌等她來。』

想誘出晶霞，就要把血比昌浩濃的老人拖出來，否則毫無意義。

驚愕在昌浩臉上擴散開來。

『你要把爺爺……?!』

『沒錯，他應該快出來了。』

十二神將對這句話的反應比昌浩更激烈。

晴明不可能以老邁的軀體出來，想都知道他會使用離魂術。但是，他已經被宣告只能再使用一次，那是極限了。

『不可能……！』

凌壽看著張口結舌的六合，眉毛突然動了一下，揚起沒有血色的屍蠟嘴唇。沒隔多久，昌浩也察覺到了。

『……唔！』

昌浩臉色發白，因為與『血』產生共鳴的人出現在這個空間的某處。

三名鬥將感覺到同袍的氣息，也大驚失色。無數的氣息扎刺著他們的直覺，在這些氣息守護之下的，還有人類的力量。

『再見啦！丞按，我要去那邊辦事了，這個空間還可以支撐一陣子，你想奪回那個女孩就動手吧！』

話題又回到驚恐的章子身上，勾陣邊安撫她，邊瞪著丞按說：

『你敢動手，我們三名鬥將會奉陪到底。』

丞按懊惱地咬住下唇。剛才的法術已經耗去他大半的法力，眼前的十二神將與安倍家的孩子卻毫髮無傷，繼續纏鬥下去只會對自己不利。

『啐！』

丞按咒罵後轉身離去，凌壽也同時踏地而起。

該追哪一邊，再清楚不過了。

『等等，凌壽！』

祖父的生命掌握在天狐手中。

可是，天狐轉眼就不見了蹤影。昌浩懊惱得直跺腳，但很快念頭一轉，想到凌壽一定會出現在晴明身旁。因為凌壽早已算準，只要把晴明逼入絕境，天狐晶霞就會現身。

『去爺爺那裡！』

紅蓮變回小怪的模樣，從章子的視線中消失了。勾陣、六合還在她的視線中，因為他們沒有抑制神氣。

勾陣也抱著章子，跟在昌浩他們後面。

章子看著昌浩奔跑的背影，鬆了一口氣。

彰子沒命地跑。

幻妖們窮追不捨，她完全搞不清楚該往哪裡逃，只知道不繼續跑就會沒命。

『小姐，振作點！』

猿鬼拚命鼓勵腳步踉蹌的彰子，臉色發白的她還是勉強擠出笑容說：

『我沒事……』

因為昌浩說過會保護她一輩子，她相信這句話。

不管發生什麼事，昌浩都不會違背他的誓言。這樣的約定與刻劃在手背上的醜陋傷痕，已經深植在她心中。

突然，可怕的妖力打在她臉上。

背脊掠過一陣寒顫，彰子的腳像生了根，怎麼也動不了。

剛才企圖加害章子的怪和尚竟然出現在眼前。

怪和尚看到驚恐的彰子，也顯得很訝異。

『妳……怎麼會……?!』

彰子發現這個男人把自己當成了章子，那麼，章子應該已經脫離了險境。

她努力抬起僵硬的雙腳想要逃跑。

後面有幻妖逼近，前面有怪和尚。

『小姐，這邊！』

彰子握緊拳頭，往猿鬼指示的方向奔逃。

非逃不可，非逃不可。

搞不清楚狀況而一時茫然的丞按，很快回過神來。

不管原因為何，總之，中宮現在又落單了。這次在那個可惡的安倍之子和十二神將出現前，他一定要抓住中宮，讓異形魔物進駐她體內。

丞按手拿錫杖，率領著幻妖追殺逃跑的彰子。

晴明等人穿過玄武與天后做出來的隧道，來到了異空間。

除了追逐被帶走的彰子的氣息外，晴明並利用法術使天狐殘留的微弱軌跡浮現出來，讓玄武他們以此為標記，靠通天力量闢出道路，連接人界與這個異空間。

光是這樣就嚴重消耗了晴明的體力，他只能勉強站起來了。

玄武和天一分別從左右攙扶微微搖晃的晴明。

『晴明……！』

以年輕模樣出現的晴明對神色悲痛的天一微微一笑，堅毅地下令：

『玄武、青龍、朱雀、天一！』

被叫到名字的四個人，表情頓時嚴肅起來。

晴明以跟平常一樣穩健的聲音說：

『找出彰子，把她帶回去。對敵人不必留情，去吧！』

要單獨留下生命正慢慢消失的主人，是痛徹心扉的事，但他們還是默默向四方散去。

確定神將們的氣息都已消失，晴明才搖搖晃晃地單腳跪了下來。血色盡失的臉一片慘白，顯示死期就快到了。

『對不起，都怪我們不夠警覺……！』

天一說到這裡就說不下去了，眼淚從她臉頰滑落，晴明看得出來這個心地善良的女孩不知道有多麼自責。

『別擔心，妳的朱雀和其他神將都很優秀，他們一定會救出彰子，對吧？天一。』

充滿慈愛的眼神讓天一心如刀割。她用袖口按住嘴角，抖動肩膀，不讓自己哭出聲來。

啊！若不是與天命相關，就可以轉移到自己身上，拯救主人了。

這時候正是自己該付出心力的時刻，結果呢？她卻只能垂頭喪氣地感嘆自己的無能。

『……！』

天一花容失色，就在淚水滑過臉頰，淚光消逝的那一剎那，強大的妖力襲向了他們。

她立刻挺身擋在晴明前面，釋放自己所有的力量。

轉眼間形成的結界在千鈞一髮之際擋住了凌壽的魔爪。被彈回一擊的凌壽重新站穩腳步，注視著擋在前面的美少女。

沉默了好一會的天狐舔舐著嘴唇，看著眼神嚴厲的天一，驚嘆地說：

『喲……所謂十二神將也有女人啊？還是個大美女呢！』

『凌壽！』

晴明大叫一聲，心臟急速跳動起來，因為潛藏在體內的異形之血對同胞的存在產生反應，開始威脅人體。

晴明面色蒼白地蹲了下來，天一悲痛地叫著：

『晴明！』

『緊盯著那些傢伙……！』

連呼吸都斷斷續續的晴明抬起頭來。

讓青龍受了重傷的天狐力量驚人，儘管天一織成的結界具有相當的防禦力，也很難說能支撐多久。

上通天神的異形狐狸與居眾神之末的十二神將彼此較量，恐怕很難分出勝負。

看到動彈不得的晴明，凌壽暗自竊笑。他根本不把張開雙手擋在前面保護晴明的天

一放在眼裡，因為只要他拿出實力，可以輕而易舉地殺掉這個外表纖弱的神將。而且，這個女人的通天力量，顯然不如前幾天跟他對峙的那兩名神將。光有膽量，沒有實力也毫無意義。

『安倍晴明，這次我一定會讓你成為誘餌引出晶霞，殺了她。』

凌壽握在手裡的珠子光芒閃爍，捲起驚人的通天力量漩渦。

天一的結界被擠壓得唧唧作響，她極力維護結界，但是，敵人的力量實在太強了。

『這樣下去……』

天一溫婉的臉懊惱地扭曲起來，難道自己連保護主人的力量都沒有嗎？

『朱雀、朱雀，求求你，聽到我的聲音啊……！』

被凌壽施放出來的衝擊漩渦一再撞擊，天一使出全力反彈回去，擠出所有聲音大叫：『青龍……玄武、天后，求求你們……！』

這個異空間有多大，超乎她想像之外。不只是大而已，像黑夜般覆蓋這個空間的無盡黑暗還擴散了同袍們散發出來的神氣，同袍們恐怕很難聽到她的聲聲呼喚。

『誰快回答我啊……』

晴明的生命面臨危險，誰都可以，快回答我啊！

『快保護晴明……！』

天一的結界承受不了壓力而爆開來，劇烈的衝擊襲向了晴明和天一。
悲痛的叫聲從她的喉嚨迸出來，她只能眼睜睜看著強大的妖力撲向主人。
『——唔！』
瞬間，強大妖力突然被劈開，爆裂出一股淒厲的通天力量呼嘯而過，地面被刨出兩道溝痕，再沿著這兩道溝痕爆出灼熱的鬥氣。
『晴明——！』
白色火焰龍衝破漩渦，與怒吼聲同時被放射出去。
搖搖欲墜的天一看到眼前覆蓋著深色靈布。
『天一、爺爺！』
少年的聲音貫穿耳朵，晴明抬起似鉛般沉重的頭，看到三名鬥將與昌浩正擋在凌壽與他們兩人之間。
紅蓮閃著兇光的紅色眼睛瞪著凌壽。
『可惡的天狐，竟敢對晴明……』
從他全身冒出來的神氣十分銳利，似乎一碰觸就會被割傷。六合的靈布被那股鬥氣煽得高高飄揚，手中的銀槍殺氣騰騰，黃褐色的雙眸閃過厲光。
雙手緊握筆架叉的勾陣帶著兇狠的微笑說：

『你就是天狐？你對我們的主人所做的事，我會讓你付出代價！』

面對三名鬥將的強烈戰鬥意志，天狐絲毫不為所動，撥開前額的頭髮說：

『唉！神將又要來阻撓我了？應該先把你們全殺了才好辦事。』

這句話簡直是火上加油，怒氣沖天的紅蓮向前跨出一步。就在這時候，背後響起昌浩的驚叫聲：

『爺爺、爺爺！您振作點啊！』

『昌……浩……』

晴明睜開沉重的眼皮，看到昌浩背後站著一個少女，長得跟住在他家的少女一模一樣。

『啊……』

晴明想說什麼卻說不出來，按住胸口屏住了呼吸。血液澎湃洶湧，這樣下去，不只是自己，連昌浩都可能被波及。

必須把昌浩從自己身旁拉開。

天狐之血愈靠近愈會產生共鳴，道反丸玉的保護也不能達到百分之百的效果。

在意識逐漸模糊中，晴明抓住了昌浩的狩衣袖子。

『爺爺？爺爺，快回答我啊！爺爺……！』

離魂術會大量消耗靈力，晴明的身體恐怕已經沒有體力承受那樣的消耗。

十二神將一定會救出彰子，不過，回到家時自己可能已經斷氣了。

十二張臉在眼底浮現又消失，晴明聽著孫子逐漸遠去的叫聲，微微笑著。

啊，不要露出這種表情，不要發出這種聲音啊！中宮都被你嚇著了。快把她送回去，你跟彰子也趕快回家……

晴明知道不用替昌浩擔心，為了這一天，他已經把所有法術都傳授給了昌浩，包括必須持有的心以及思考的方向。

他已經沒有任何遺憾，因為雖然比預期來得早，他卻已經做好了準備。

✦ ✦ ✦

閉著眼睛、靠著岩壁的晶霞猛然抬起頭來。

高淤發現她的舉動，眯起了眼睛。

『同族闖的禍，還是該由我來收拾……』

晶霞這麼喃喃自語後就消失了蹤影。

聽到被風吹來的這番話，高淤感嘆地撩起頭髮說：

『真是的……沒必要做那種補償吧！』

✦ ✦ ✦

背脊掠過一陣寒慄。

淩壽狠狠拋開嘴角的笑意，抬頭往上看。

『妳終於來了，晶霞！』

一道裂痕劃破黑暗，撼動整個空間的衝擊疾馳而過，掀起暴風。

反射性地築起壁壘保護同伴的六合，看到兩個天狐在暴風中對峙。

『那就是晶霞？』

闖入淩壽創造的異空間的晶霞，銀白色的頭髮在狂風中飛揚。

『你沒有力量創造出這樣的空間……你是使用了天珠？』

淩壽淒厲地笑著。

『沒錯，妳害我把所有天珠都用完了。』

他的眼睛炯炯發亮，又指著晶霞說：

『現在我必須搶走妳的天珠，獻給九尾……否則我就會沒命。』

天珠是天狐的生命，被奪走就會死。倘若天珠的力量用盡，珠子碎裂，天狐也一樣會死。

一般天狐沒有力量創造出這麼大的空間、維持這麼久，凌壽是使用殺死同胞奪來的天珠，完全沒有用到自己的力量。

『但是，你還是贏不了我。』

晶霞冷冷地斷言，凌壽沒有反駁。

『早知道你有這麼多天珠，就可以救活他……』

當晶霞這麼痛心地喃喃說著時，從背後衝出一個身影。

昌浩繞到晶霞前面，晶霞和凌壽都來不及提防這個突然冒出來的少年。

昌浩神色慌張地逼向晶霞。

『妳剛才說的話是什麼意思？可以救活誰？』

晶霞沉默地往後一瞥，視線落在倒地不起的安倍晴明身上。十二神將圍在晴明身旁，什麼也不能做，只能接受命運，看著生命燈火逐漸消逝，懊惱自己的無能。

看到這個意外的發展，凌壽揚起嘴角，發出清楚的聲音，把昌浩的注意力引向自己。

『我們身上的「血」會侵蝕安倍晴明的生命，但是，孩子，只要有形同我們生命的

「天珠」的力量，就可以延續他的生命。』

昌浩眼睛眨也不眨地看著凌壽，再把視線轉向晶霞，有著少女般模樣的天狐晶霞默默點了點頭。

『那麼……』

凌壽打斷昌浩嘶啞的聲音，給了昌浩的心重重一擊。

『但是我不知道該怎麼做，那個晶霞才知道……』

晶霞面無表情。

『只是，她恐怕不能犧牲自己去救他吧？』

凌壽說完大笑起來。

昌浩整個人呆住了。只有晶霞知道延續生命的方法，但是，必須付出她的生命才救得了爺爺？

雖然流著同族的血，也不能期望她會為一個毫無關係的人類這麼做。

希望破滅了──

『不！』

激烈的吶喊拍打著昌浩的臉頰，他無意識地轉移視線，看到神將紅蓮和勾陣站在晶霞後面。

紅蓮的紅色眼睛盯著凌壽。

『天狐，既然天珠是力量的來源，那你也有一顆吧？』

『既然這樣，我們只要搶走你那一顆就行了。』

勾陣接著說，拿起了筆架叉。

幾天前，青龍曾與這個傢伙對峙被打成重傷，但是只要紅蓮與勾陣使出全力，應該可以擊敗他。就算不行而打成平手，也還有六合和天一。現在他們的人數佔上風，應該會有勝算。

晶霞的眼皮抖動著。

『沒錯，的確是這樣。』

昌浩張大眼睛，又燃起了希望。

頓時安下心來。

才剛鬆口氣，就聽到慘叫聲。

——救命啊……！

11

中宮章子置身於無法想像的恐怖狀態中，沒昏過去就很不容易了。

被式神包圍的年輕人，衰弱得就快斷氣了。

那是誰呢？為什麼會這樣？全是她不知道的事。

章子顫抖地看著昌浩，她好想趕快回到土御門府，不想待在這麼可怕的地方。

『……？』

她納悶地偏頭思索。

昌浩正看著自己。她以為是看著自己，但很快就發現不是。

他不是看著章子，而是越過章子，茫然注視著遠方。

只有章子發現他這個模樣，其他式神都沒有餘力去注意他的神情。

昌浩的嘴唇蠕動了一下，不知道在說什麼，剛開始她沒有聽見。

但是他突然往前衝，大喊了一聲：

『彰子——！』

昌浩頭也不回地狂奔起來，彷彿把晴明、章子和所有思緒都拋到了腦後。

看著突然脫離戰線的昌浩，凌壽偏頭想了一下，恍然大悟地說：

『啊……丞按抓到另一個女孩了。』

十二神將張口結舌，一時無法理解他在說什麼。另一個女孩是誰？

凌壽看了章子一眼，他們才會意過來，大驚失色。

『彰子小姐在這裡……?!』

看到勾陣驚慌的樣子，天一才想起來，抬起頭說：

『是啊……我們就是陪晴明來救小姐的……』

『怎麼不早說呢?!』

六合失去理智的斥責重重打擊了天一。她只能低下頭緊咬嘴唇，因為把所有心思放在晴明身上，忘了彰子的事，的確是自己的錯。

趁所有人的注意力從自己身上移開時，凌壽突然一躍而起。

他衝到驚愕的晶霞眼前，伸長了利爪直撲晶霞的喉頭。

『把天珠給我！』

凌壽直視著晶霞的雙眸獰笑著，就在千鈞一髮之際，晶霞閃過他的爪子，只被抓破了薄薄一層皮，銀髮如波浪般洶湧翻騰。

從未體驗過的異樣通天力量的波動，震撼了所有神將。

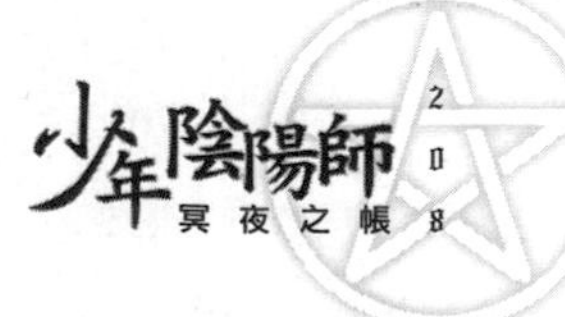

『這就是天狐……！』

紅蓮與勾陣看得目瞪口呆，晶霞在他們面前動作柔美地揮起手臂。掛在她胸前的天珠發出亮光，折斷了凌壽直逼眼前的爪子。她抓住凌壽的手臂，輕輕一使力，便湧現通天力量的波動，白熱的波紋層層向外擴散。響起一陣乾澀的聲音，被折斷的手臂發熱，皮膚迸裂噴出血來。就在手臂快被神通力量扯離身體時，凌壽再也受不了，甩開了晶霞的手，往後遁逃。

力量相差太懸殊了。

『可惡……不愧是擁有天狐族最強天珠的人。』

凌壽蒼白的臉扭曲成冷笑的表情，不在乎似的甩開從手臂滴下來的血。

『九尾想要妳那顆天珠，所以妳的存在是個阻礙！』

晶霞凝神注視著狠狠咒罵的凌壽。

『你走吧！凌壽，不過，總有一天你會為殺害同族的罪過付出代價。』

凌壽用雷光般的犀利眼神看著低聲放話的晶霞，抱著被反折而動彈不得的手臂，啐地咂咂舌。這樣下去絕對不利，天狐凌壽轉身離去。

『後會有期，晶霞！』

呆若木雞的神將們這才回過神來，想要追上前去，但已不見凌壽的身影。

對紅蓮來說，追昌浩當然比追消失不見的凌壽重要，他變成小怪的模樣開始奔跑。

六合也把晴明交給天一，與小怪並肩奔跑。

留下來的天一要確保章子的安全，還要全力守護晴明即將熄滅的生命之火。

『真希望可以把我的生命分一點給你……！』

有聲音在她耳邊嚴厲制止。

《不可以──》

天一瞪大了眼睛，眼眸逐漸波蕩搖曳，淚水奪眶而出。

『為什麼……為什麼?!他是我們的主人，我是真心希望他能活下來，你為什麼要阻止我？』情緒崩潰的天一發出哀痛的吶喊。『回答我啊，天空……！』

沒有得到回答，天一哭得死去活來。

從她眼睛流出來的淚水落在晴明臉上。她只能看著淚珠滑過沒有血色的肌膚，被吸入衣服裡。

聽到同袍為自己的無能懊惱地哭喊，勾陣對默默看著這一幕的晶霞說：

『妳的力量在凌壽之上吧？』

她曾聽晴明說過晶霞擊退了凌壽，現在又親眼看到晶霞制伏了凌壽。

酷烈的光芒閃過她的眼眸。

『既然這樣，妳為什麼袖手旁觀？安倍晴明是你們的眷族，妳為什麼不救他？只要殺了那個天狐，這件事就解決了啊！』

晶霞冷靜地看著激動的勾陣，緩緩地說：

『他是我弟弟。』

出人意表的告白，讓勾陣也啞然無言。

凌壽以眷族為餌，千方百計地追殺她，她卻還是無法殺了凌壽，只因為凌壽是所有人的仇人，卻也是她唯一的親人。

晶霞將視線從沉默的勾陣身上轉向晴明，微微垂下眼睛說：

『能救的話，我也想救他……可是，現在還不能殺了凌壽。』

『為什麼？』

『這件事與你們無關，時候到了自然可以收拾他……但現在還太早。』

晶霞只說到這裡，不管勾陣怎麼問都不再回答。

問不出所以然的勾陣在晴明旁邊蹲下來，發現他們的主人已經氣若游絲了。

『晴明，你還不能走，你的孫子還沒回來。』

至少要等他帶回彰子，再見你最後一面——

猿鬼和獨角鬼被丞按放出來的幻妖踩在腳下，拚命掙扎著。

『放開我！』

『不要碰小姐！快放開我！』

兩隻小妖都嚇得魂飛魄散，可是只有它們可以保護彰子，所以不管多害怕，都要想辦法逃走。

幻妖們包圍彰子，把她凌虐得遍體鱗傷。單衣被扯破，到處血跡斑斑。就像野獸先消耗獵物的體力再吃掉一般，幻妖們慢慢地折磨她。

撲上來的幻妖伸出銳利的爪子，抓破了彰子的臉。微溫的液體帶著火辣辣的疼痛流下來，身體失去平衡，快支撐不住的膝蓋嘎噠嘎噠作響。

但是，彰子還是堅強地抬起頭來，看著操縱幻妖的丞按，挺直顫抖的雙腳，拿出最大的勇氣說：『你想把我怎麼樣……？』

丞按覺得不對，剛才抓到她時，她完全沒有抵抗，只是抖個不停。

難道是害怕過了頭，乾脆豁出去做困獸之鬥？她是從小在深閨安穩成長的大貴族千金，很可能是超出承受範圍的恐懼麻痺了她的感情。

下了這樣的結論後，丞按敲打錫杖，鏘的發出聲響，慢慢擴散開來，形成沒有人可以進入的壁壘。

『剛才闖入了阻礙者。』

丞按啐地咂咂舌，表情猙獰地步步逼向彰子。

『這個結界是攻不破的壁壘，那個安倍家的孩子這次休想插手。要攻破這個結界，必須釋放怪物的力量。但是那麼做會要了他的命，更何況他也未必找得到這裡來。

丞按兇狠的話震撼了彰子。

『安倍家的……』

『沒錯，就是安倍家那個流著怪物之血的可惡少年。』

彰子目瞪口呆。

『我不會讓他阻礙我第二次。』

沒有時間了，他感覺到很多入侵者徘徊在凌壽做出來的這個異空間。安倍晴明率領的十二神將正散落在各個角落。

一定是為了奪回中宮而全體動員了，所以他必須先發制人。

他的力量隱藏在充斥空間的黑暗中，不會被十二神將發現，他咯咯竊笑起來。

『當中宮看起來毫髮無傷地回去時，他們一定會大吃一驚。』

而且不會發現她哪裡不對，這麼一來自己的企圖就得逞了。

他的雙眼閃爍著酷烈的光芒。

『妳是毀滅藤原一族的棋子……』

幾乎被他的氣勢吞沒的彰子，用傷痕累累的右手緊緊握住左手腕。手腕上的瑪瑙可以驅邪除魔，是昌浩送給她的護身符。

她相信昌浩，因為他承諾過，絕對不會違背誓言。她會相信他到最後一刻。

丞按舉起錫杖，唸著：『嗡……！』

在杖頭集結的騰騰熱氣是從丞按身上冒出來的。一般人類怎麼能釋放出那樣的東西，彰子百思不解。

她使出全力壓抑身體的顫抖，毫不畏縮地直視著可怕的怪和尚。

總是和小怪一起守護著自己的少年身影浮現腦海，望著自己的堅定眼神時而溫柔，時而嚴厲。

不管是為了彰子或為了別人，昌浩一定常常面對這麼可怕的狀況。

不管多可怕、多痛苦、傷得多重，他都不會逃避，只會強忍著痛楚和悲傷，勇往直前。

這些彰子都知道，也知道自己心中對他的情愫。

她相信他。

『小姐——！』

猿鬼的慘叫和獨角鬼的大叫都被幻妖們的咆哮淹沒了。

就在這一瞬間——

『不准碰彰子！』

響起轟然雷動的怒吼聲，不破的壁壘被力量超乎想像的漩渦擊碎了。

那是彰子。

渾然忘我地全力疾奔的昌浩這麼確定。

剛才聽到的絕對是彰子的聲音。

跟剛剛救出來的中宮聲音相同。那個聲音任誰都會聽錯，只有昌浩分得出來不一樣。因為靈魂不一樣，心不一樣，星宿也不一樣。

是刻劃在他生命中的過往記憶告訴了他。

他承諾過，會守護彰子一輩子，那是他不惜犧牲生命也要守護的唯一靈魂。

六合與小怪緊跟著以驚人速度疾奔的昌浩，兩人面面相覷。

『這傢伙卯足全力往前衝，難道彰子真的在這裡？』

『不知道，不過這是陰陽師的直覺。』

小怪點點頭，又搖搖頭說：

『不……不對，不是因為他是陰陽師，而是因為對方是彰子。』

六合沉默下來，因為他知道那種感情。在胸前搖曳的紅色勾玉閃過眼角，他微微瞇起了眼睛。

越過昌浩的背往前看的小怪，頓時亮起了夕陽色的眼睛，額頭上花般的圖騰也發出微光。

『你看，太厲害了。』

昌浩前面有驚人法力佈下的結界，無數幻妖在裡面張牙舞爪。儘管還相隔一段距離，已經可以感覺到結界的強烈法力。

昌浩懊惱地咬著嘴唇，以自己的力量——人類的力量，很難破除這個結界。

可怕的異形飄浮在黑衣怪和尚的錫杖上頭，眼睛全盯著白色單衣少女。

昌浩瞪大了眼睛，心臟猛烈跳動著。

在結界中的她，單衣上處處血跡斑斑。染紅臉頰的紅色液體還滴落在衣襟上，她卻以剛強的眼神毅然看著逼近她的可怕異形。

『啊……！』

異形撲向了彰子。

就在目擊這一幕的瞬間，昌浩心中的鎖爆開了。以自己的力量無法破除那個結界。雖然以『人』的力量絕對做不到，但是……

怦怦。

比心臟更深、更深處，產生劇烈脈動。自身的危險、侵蝕天命的代價等等所有一切，在這一刻都被拋諸腦後。

身體深處燃起火焰，驚人的力量從昌浩全身迸射出來，灰白色的熱氣升騰。

小怪與六合倒抽一口氣。

『糟了，天狐的血……』

從昌浩的狩衣下發出霹唏碎裂聲，打斷了小怪的驚叫。六合聽到那微弱聲響，低聲叫嚷：『是丸玉……！』

用來抑制天狐之血的神器因無法承受強大的力量而碎裂了。那麼劇烈的脈動，是來自昌浩的心。

他知道丞按的力量太強，一般力量無法超越，所以無意識地解放了體內的天狐之血。

他承諾過會保護她。她是他不惜生命也要保護的唯一對象，這是他一輩子的承諾。

全身纏繞著灰白色火焰的昌浩結印怒喊：

『不准碰彰子！』

不破的壁壘被輕易擊碎了。

事情發生得太突然，丞按根本來不及反擊。

昌浩趁勢追擊，揮出了刀印。

『嗡翰多馬答邋阿波伽加亞尼唆羅唆羅索瓦卡！』

白光一閃，炸開幻妖。緊接著颳起暴風，把剩下的幻妖全吹走了。

丞按只愣了片刻，很快又恢復神智，舉起錫杖橫掃。

釋放出來的法力把自己的爪牙幻妖也砍成兩半，直撲昌浩。但是昌浩以凌厲的氣勢彈開，再接再厲打出手印。

『嗡阿比拉嗚坎夏拉庫坦！』

纏繞著昌浩身體的火焰更猛烈了，丞按明顯感覺到爆發的靈力中夾雜著天狐的力量。

『啐！』

法術被破兩次，大大削弱了丞按的法力。而且昌浩是把身體的界限、生命的危險都置之度外，毅然決然衝著他而來。

一個渾然忘我的人，有時力量會強大到凌駕一切。倘若貿然迎戰，不難想像自己也會損失慘重。

丞按收回錫杖，猙獰地扭曲著臉，用杖頭在地上橫向一掃。

『禁！』

咆哮般的叫喊聲震天價響，把昌浩的氣勢反彈回去，丞按就消失在黑暗中了。

幻妖們嗖地潰決消失了，不知道是被主人拋棄了，還是妖力與昌浩的力量相抵消了，總之，敵人完全失去了蹤影。

全身被白色火焰纏繞、呼吸急促的昌浩，突然張大了眼睛，劇烈的脈動在他體內奔馳流竄。

『昌……浩？』

茫然佇立的彰子半天只冒出這句話來。

她相信，不管發生什麼事，昌浩一定會出現。

自從一年前，昌浩第一次將她從異邦的妖魔手中救出來，她就深信不疑了。

一放鬆握緊的左手，彰子的表情就扭曲了起來。

『……！』

剛才她強忍著不哭，因為哭會使心防潰決，這麼一來就輸定了。

視野迷濛搖曳，湧出了溫熱的液體，喉頭吸入空氣，發出抽搐般的聲音，彰子再也忍不住地閉上了雙眼，淚水不斷從眼中溢出來。

『小姐、小姐，妳還好吧？』

『對不起、對不起，我們太弱了，不能為妳做什麼……』

猿鬼和獨角鬼搖搖晃晃地走過來，彰子癱坐在它們面前，拚命調整呼吸，但是不管怎麼努力都站不起來了。

突然，彰子的心臟莫名地猛跳起來，不祥的預感貫穿胸口，一陣寒慄爬上背脊，她下意識地抬起頭。

眼前呈現的是令人難以置信的光景。

『昌浩！』

小怪臉色發白大叫，六合也面如死灰。

昌浩按著胸口，呆呆站在他們面前，纏繞全身的灰白色火焰更烈、更亮了，直衝天際。

怦怦。

昌浩揪住胸口，閉上眼睛。

好熱。

跟以前明顯不同的熱度包圍全身。

體內沉睡的力量徹底甦醒，大鬧著要衝破人體出來。

天狐之血的力量從體內侵蝕著他，就快吞噬了他的生命。

『啊……啊……！』

昌浩忍不住跪下來，痛得滿地翻滾。

強烈折磨著他的不是一般疼痛，根本無法形容。

這就是代價。天狐之血是雙刃劍，解放力量就會削減生命、傷害身體，威脅天命。

但是，就算痛到神志不清滿地爬，他也一點都不後悔。

因為在最後的視野中，出現了彰子放鬆後大哭的身影。只要能確認她還活著就夠了。

『昌浩……唔！』

小怪與六合都被強大的力量彈出去，無法接近昌浩。如果企圖接近，天狐的力量就會阻止他們，像恐嚇般發出更強的波動，使昌浩的痛苦更加劇烈。

『可惡……這樣下去的話……』

焦躁的小怪瞪大了夕陽色的眼睛。

猿鬼和獨角鬼猛跳起來大叫：

『小姐……！』

『危險，不可以！』

但是彰子不聽。

她死命爬向幾乎昏厥的昌浩。

『唔！』

儘管發出微弱的慘叫聲，她還是咬緊牙關抗拒神通力量的強風阻撓，使出全力往前爬行。

『彰子小姐！』

六合低聲驚嘆，一旁的小怪皺起了眉頭。

『笨蛋……妳只是一般人類啊！』

天狐的力量失控，連十二神將都無法靠近，她竟然以脆弱的人體挑戰那股發狂的力量，簡直是以卵擊石。

彰子也知道不可能，更知道自己是多麼虛弱，凡事都只能眼睜睜地看著，什麼也不能做。然而，她總是試圖去做，因此被昌浩罵過好幾次。

『所以……』

你看，我現在又在做愚蠢的事了，等一下要罵我哦！

昌浩，我只求你告訴我一件事。

『我能……為你做什麼？』

那個可怕的男人說這個少年是『怪物』，沒錯，的確沒有人類擁有如此強大的力量。

但是，她知道昌浩擁有人類的心，這也是唯一的事實。

她奮力抓住痛苦掙扎的昌浩的手，發出悲痛的叫聲：

『昌浩……！』

被熾熱的火焰煽得喘不過氣來的彰子，皮膚幾乎被燙傷，肺也快被吸入體內的熱氣燒焦了，痛得她頭暈目眩。

咬緊牙關強忍著疼痛的她，使盡全身力量抱住了掙扎的昌浩。

從她臉上的傷口滴下來的血已經乾涸，凝結成紅黑色，單衣也血跡斑斑，實在是慘不忍睹。

奪眶而出的淚水碰觸到臉上的傷口，有點刺痛，滴落在昌浩臉上，濺了開來。

完全失去理智的她，黑髮被通天力量的狂風吹得高高飛揚。

✦ ✦ ✦

好熱。

好燙。

好燙。

身體灼燒著、靈魂灼燒著，所有一切都快被白色火焰燒成灰燼了。

這是因為他釋放了絕不能釋放的力量，身體必須承受的痛苦。

好燙、好燙。

他聽到爆炸聲，靈魂被燒焦了，人類的心被逐漸削去了。

好熱、好燙、好熱。

……！

冰冷的水珠滴落在臉上。

滑潤地散開來，漸漸震住了灼熱的火焰。

空無一物的黑暗彷彿點燃了亮光。

緊閉的感覺得到解放，耳朵聽到了微弱的聲音。

那是不斷規律重複的聲音。

是靈魂記憶中令人懷念的聲音。

他知道這個聲音。

這是……

這是——

✦ ✦ ✦

有聲音。他聽到聲音，連續不斷刻劃著生命的聲音。

他緩緩張開眼睛，看到變得又紅又髒的白色單衣。

纖細的手臂環抱著自己，強而有力的心跳聲就近在耳際。

那是創造出代表人類生命的體溫的聲音。

冰冷的淚珠啪噠滴落在臉上。

只能移動視線的他，看到從血塊凝結的臉上滴落下來的淚珠。

他拚命移動不聽使喚的手，抓住彰子的單衣袖子。

『……！』

心震顫起來。

他最不想看到彰子痛苦、悲傷的模樣。
還有淚水從她臉上滑落的模樣。
啊！
昌浩閉起眼睛。
是規則的脈動聲、人的心跳聲。
是滴落在臉上的冰冷淚珠。
是她那堅強、溫柔的體溫。
拉住了他差點被異形吞噬的靈魂。

天狐的力量被啟動了。
察覺到的晶霞悄悄屏住了氣息。
多麼驚人的爆發力，被這股力量喚醒的人也無法存活了。
究竟是什麼事迫使那個孩子釋放出足以燒燬他的軀體和生命的力量？
年輕女孩特別敏感，察覺到不安氣氛的章子害怕地縮起了身體。
晶霞淡淡地說：
『那孩子釋放了力量……太愚蠢了。』

臉上卻掩不住悲哀的表情，與她說話的語氣表裡不一。

力量突然平息了。

勾陣和天一倒抽一口氣。

天狐的通天力量瞬間消失了，連一點痕跡都不留。

這究竟代表了什麼？

最糟的想法閃過腦海，難道除了晴明外，十二神將還會同時失去繼承人？

他們不能丟下晴明，只能在陰霾的沉默中數著時間。

恍惚的神將們察覺異狀，逐漸回過神來。他們看著晴明，不知道該說什麼，表情陰鬱。

其中又以青龍最為激動，他瞪著晴明的眼神彷彿要把晴明揪起來，片刻後才握緊拳頭，撇開了視線。旁邊的天后雙手掩面。

風沙沙動了一下。

晶霞猛然抬起頭，勾陣也順著她的視線望過去。

幾個人影出現在黑暗的盡頭，慢慢地往這裡走來。

天狐晶霞鬆開環抱胸前的手，仰望著天，以莊嚴的聲音說：

『請聽朋友的祈求……』

在大家疑惑的視線中，響起晶霞清澈的聲音。

『開天闢地以來之神，請借我力量——讓我眷族之命暫留此處。』

所有人都屏住了氣息，晶霞的灰藍色眼睛閃過銳利光芒。

『高淤啊，如果聽見就回答我！』

當周遭安靜下來時，昌浩他們也走到了晴明身旁。

憑靠著彰子的肩膀慢慢前進的昌浩，全身虛脫似的跪了下來，遍體鱗傷的彰子也癱坐在他身旁，破破爛爛的單衣上披著六合的深色靈布。

勾陣走向滿臉不悅的小怪，正要蹲下來問怎麼回事時，夕陽色的眼睛忿忿地亮了起來。

『他就是要自己走，說都說不聽，真頑固！』

小怪後面的六合也點頭表示同意。

昌浩滿臉憔悴地抓住晴明的袖子。

『爺爺……』

跟小時候一樣，昌浩緊盯著晴明。每次有很想說但不該說的事時，昌浩就會這樣抓住祖父的袖子不放。

看著這樣的昌浩，晴明就會苦笑著彈指敲他額頭，蹲下來配合他的視線。

——怎麼了？昌浩。

或是把孫子想說的話正確地說出來，藉此鼓舞他。

晴明一直就是這樣看著昌浩成長。

『爺爺……』

沒有掩飾、沒有虛偽、沒有誇大，這就是他真正想說的話。

『我不要你死！』

昌浩叫喊著，臉皺成了一團。

只剩下魂魄的晴明，氣息愈來愈微弱了。當完全消失時，就是生命之火熄滅的時候。

明知沒有意義，但昌浩還是緊緊抓住祖父的袖子，不讓祖父離去。

『我不要你死啊，爺爺！』

奶奶、奶奶，我知道妳在等祖父，可是，現在請不要帶他走。

我還有很多事需要他教我。

他必須待在我身旁，必須待在我一回頭就看得到的地方。

我無法獨自前進。

我由衷地、深切地祈求。

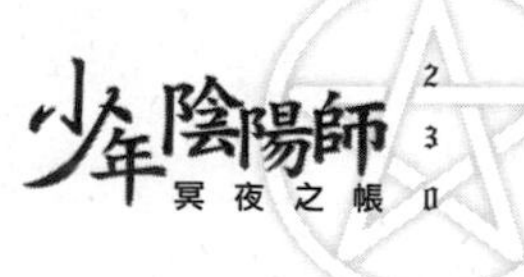

神啊……

『救救他！』

救救他——！

『我都聽見了。』

超然的聲音響起，伴隨著莊嚴的神氣，所有人都驚愕地抬起頭來。穿越天際的裂縫閃過一道光芒，出現了銀白色的龍。撕裂黑暗的光線亮晃晃地投射下來。

晶霞皺起眉頭嘀咕著：

『來得真慢……』

龍神悄然無聲地降落，附在茫然仰望著天的昌浩身上。光芒四射，從他全身綻放出強烈冰清的神氣。

昌浩突然變得僵硬，差點往後倒，彰子慌忙撐住他，他就那樣靜止不動了。

觀察狀況片刻後，昌浩緩緩嘆口氣說：

『晶霞，妳那根本不叫祈求。』

充滿威嚴的語氣，跟平常的昌浩完全不一樣。從他身上綻放出來的神氣讓彰子縮起了身子。

昌浩發現她的模樣，微微一笑說：

『喲，藤小姐，好久不見了……妳這副模樣很有意思呢！』

彰子保持沉默，因為不能跟神頂嘴。

依附在昌浩身上的貴船祭神高龗神看著朋友說：

『只有毫不虛假的祈求可以打動神，晶霞，其實妳不說我也打算幫這個忙，就算妳欠我個人情吧！』

晶霞挑眉說：

『什麼？』

高淤把手放在晴明的額頭上，閉起眼睛平靜地說：

『有徵兆了，星宿逐漸成形了。』

神的力量挽回了晴明逐漸衰弱的生命，即將熄滅的燈火又恢復了光亮。

安倍晴明的天命還未走到盡頭。

只有一個人被排除在外。

雖然人在現場，卻抹不去疏離感。

章子默默注視著彰子。

臉上帶著傷、全身狼狽不堪的彰子，跟昌浩一起出現。

剛才昌浩突然衝出去時大叫的聲音還在她耳邊繚繞不去。

——彰子！

他說，他會保護她。

他說，他答應過會保護她。

那麼，是答應誰呢？

看著流露出不可思議的莊嚴神氣的昌浩，還有理所當然地待在他身旁的彰子，章子咬住了下唇。

跟自己長得一模一樣的少女。

為什麼她在這裡？

為什麼她在那裡？

『——』

視野突然扭曲起來，所有輪廓都變得模糊了，溫熱的液體從臉頰滑落下來。

章子把有生以來第一次湧現的情感埋藏在心底，握緊了拳頭。

後記

我在第十集的後記寫了混淆視聽的話。

第十集的封面是昌浩和年輕時的晴明，絕對不是長大後的昌浩。我會那樣寫，純粹只是想：『昌浩長大後就是這個樣子吧？一定會跟晴明長得很像。』

在此謹致上歉意。

都怪N崎的檢查太大意了（咦？），啊，沒有啦！對不起（謹向讀者及N崎致歉）。

各位，好久不見了。大家近來如何呢？我是結城光流。

少年陰陽師第十一集了，好像有點逼向了核心，又好像有點偏離了主題。爺爺還是岌岌可危，這之後恐怕也都是這樣。

接下來是例行的人氣排行榜。

第一名是安倍昌浩，遙遙領先，最近狀況極佳，沒有人跟得上他。

第二名是小怪（包含紅蓮），有人氣回籠的趨勢，但是還很薄弱。

第三名是最固執己見的旦那，也就是神將六合，人氣直逼小怪。

接下來是勾陣、彰子、爺爺、各神將與TOSSHI。值得信賴的大哥安倍成親的人氣也在直線上升中。寫成親時很快樂，所以有他出場就很容易脫離主題，實在是個危險的男人（笑）。

昌浩的人氣最近爆升，絕大原因應該是甲斐田在劇情ＣＤ中完美詮釋了昌浩的角色。由大谷飾演的小怪、由小西飾演的紅蓮也很出色，但是，還是爭不過主角，尤其是超越了原有形象的主角。

『窮奇篇』全三集應該有很多人邊聽邊哭吧？我敢說我就是哭得最兇那一個。

我收到很多讀者來信，希望、渴望、期望把風音篇也做成ＣＤ。可是我沒有任何權限，所以代替各位把這個意願傳達給了Forntier Works Inc.，還每天傳送『請做成ＣＤ！』的念力，而且向坐鎮在京都的爺爺祈禱，還有下詛咒……咳咳，不，是祈求、是祈求，求求你了，爺爺。

想聽風音篇嗎？（哦！）不怕懲罰遊戲嗎？（哦、哦！）我們就是如此熱切期待風音篇。

請回答啊！Marine ENTERTAINMENT Inc & Forntier Works Inc.！

『那、那就做吧！（拒絕的話不知道會被怎麼樣……）』ＣＤ負責人Ｎ川路說。

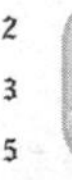

哦！太棒了！成功了！那一幕還有這一幕，將在那個聲音、那個充滿臨場感的音效、那個美妙的音樂下重現！謝謝爺爺，你的孫子正在努力中！絕對不會讓大家感覺到黑夜的恐怖（笑）。

少年陰陽師劇情ＣＤ『風音篇』，將分別在二〇〇五年一月二十六日出版『災禍之鎖』，三月二十五日出版『雪花之夢』，五月二十五日出版『黃泉之風』，七月下旬出版『火焰之刃』。『火焰之刃』是兩片裝哦（所以也比其他集貴一點）！劇本由負責『窮奇篇』的吉村清子以滿滿的熱忱繼續執筆。主要配音演員當然也都跟『窮奇篇』一樣，任誰提議更改我都不會同意（斬釘截鐵）。此外，新角色朱雀、太陰、勾陣、白虎及風音，大家也絕不能錯過。新訊息和詳細內容請隨時查詢Forntier Works Inc.（現在立刻連接Animate店面&Web&手機Side！）。封面當然是Asagi的插畫。還有，結城也會全力以赴，因為是『風音篇』的劇情ＣＤ製作啊！此時不努力更待何時？咦，應該隨時都這麼努力？有、有啊！我都很努力啊！應該有……

不過，人只要努力真的都會有好事呢！譬如，可以第一個看到Asagi的插畫、出版社會製作很多《少年陰陽師》周邊商品、聽說新作的周邊商品也會陸續出來等等……咦，是這樣嗎？嗯，是啊！

我很開心地把佩戴紅色勾玉的小怪吊飾和紅蓮墜子掛在手機上，把昌浩墜子掛在我家的鑰匙串上，把六合墜子掛在錢包上。吊飾做得很好，小怪可愛極了，還會出新的筆記本組、小怪茶杯呢！聽說還秘密策劃製作與實物同尺寸的小怪，啊！在這裡說出來就不是秘密了。關於周邊商品上市的日期等訊息，也請查詢Animate！

寫到這裡，大家應該都看出來了，有關ＣＤ或周邊商品的詳細內容，結城本人的網站或所謂官方網站狹霧殿都幫不上忙……雖然是事實，還是刺痛著我的心。

沒關係，就是因為我沒用，所以大家才會為我兩肋插刀。如果一切順利，依靠他人也沒什麼不好。如果不順利，痛哭一場就行了。不過，我還是不怎麼想哭，所以自己也會儘可能地好好努力。

首先要努力的是主篇故事，『天狐篇』將進入更驚險刺激的情節，以昌浩為主軸的彰子與章子的種種情事、不知道會怎麼樣的爺爺、需要冷靜的十二神將、清涼劑成親兄弟、TOSSHI、兩個天狐的動向、怪和尚丞按的企圖等等盤根錯節。說不定還會演變成『那個人怎麼會那樣?!』之類的狀況……如果一切照計畫進行，我說不定又會獲頒『鬼、惡魔』的稱號，哇哈哈哈哈哈！唔，老毛病又患了……咳咳！

好，正經一點。聽說冬季會出《The Beans 4》，簡稱The B4，預定刊登少年陰陽師短篇故事。另外，或許放其他短篇也不錯？敬請期待。

感謝各位經常寫信給我，我每封都看得很開心。因為太忙沒有時間回信，所以請不

要放入回郵信封和郵票。不能退還給大家，令人心痛……我會努力寫小說以代替回信，希望大家多多包涵。

讓我們懷抱種種期待，在下一集相會！

結城光流

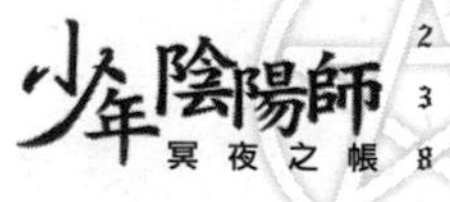

高潮迭起的天狐傳奇！

玖 眞紅之空

全新單元天狐篇懸疑登場！

與宗主激烈大戰之後，昌浩雖然被奶奶若菜救回了一命，卻失去了身為陰陽師絕不能少的靈視能力！儘管如此，看不到鬼神的昌浩卻仍然看得見紅蓮變身的小怪，只是小怪的態度非常冷漠——喪失了過往那一段記憶的小怪，甚至連昌浩的名字都忘記了……

拾 光之導引

你溫柔的雙眸，是我永不熄滅的光之導引！

消滅了在地方上作怪的妖魔傲狼以後，安倍昌浩從出雲啟程回平安京，卻面臨了前所未見的衝擊！一向身體硬朗的祖父晴明竟然也臥病在床！難道晴明的大限快到了?!昌浩一心一意記掛著祖父的安危，卻沒發現在暗處有對鉛灰色的眼睛正冷冷看著這一切……

拾貳 羅刹之腕【2009年3月出版】

為了報仇，他甚至不惜出賣自己的靈魂……

因為有新的星宿逐漸成形了，原本大限已到的晴明總算天命未盡，然而昌浩身上所流的天狐之血完全覺醒了，他的生命也隨時會有危險！此外，對昌浩產生愛慕之心的中宮章子，開始嫉妒彰子，這種憎恨的心情，讓敵人有了可乘之機！……

拾叁 虛無之命【2009年5月出版】

『天狐篇』最終感人完結篇！

由於中宮章子被叫做『羅刹』的妖怪吞噬而行蹤不明，為了暫時隱瞞消息，彰子代替章子入宮。而為了拯救心愛的彰子，昌浩和小怪一起進入宮內探險。另一方面，大陰陽師安倍晴明和敵方的天狐展開最後殊死戰，他和十二神將離別的時刻就要來臨了嗎？……

國家圖書館出版品預行編目資料

少年陰陽師.拾壹.冥夜之帳 / 結城光流著；涂愫芸譯. -- 初版. -- 臺北市：皇冠, 2009[民98].1
面;公分. --(皇冠叢書；第3817種 少年陰陽師；11)
譯自：少年陰陽師 冥夜の帳を切り開け
ISBN 978-957-33-2503-1(平裝)

861.57　　97022810

皇冠叢書第3817種
少年陰陽師 11

少年陰陽師——
冥夜之帳

少年陰陽師
冥夜の帳を切り開け

作　　者—結城光流
譯　　者—涂愫芸
發 行 人—平雲
出版發行—皇冠文化出版有限公司
台北市敦化北路120巷50號
電話◎02-27168888
郵撥帳號◎15261516號
皇冠出版社(香港)有限公司
香港上環文咸東街50號寶恒商業中心
23樓2301-3室
電話◎2529-1778　傳真◎2527-0904
出版統籌—盧春旭
責任編輯—丁慧瑋
印　　務—林佳燕
校　　對—鮑秀珍・邱薇靜・丁慧瑋
著作完成日期—2004年
初版一刷日期—2009年1月
初版六刷日期—2013年2月
法律顧問—王惠光律師

讀者服務傳真專線◎02-27150507
電腦編號◎501011
ISBN◎978-957-33-2503-1
Printed in Taiwan
本書特價◎新台幣199元/港幣67元